我在蘇黎世等風也等你（繁體字版）

Love in Switzerland (A novel in traditional Chinese characters)

B杜

British Library Cataloguing-in-Publication Data. A CIP catalogue record for this book is available from the British Library.

ISBN 978-1-913080-49-5 (ebook)
ISBN 978-1-913080-48-8 (print)

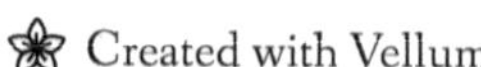 Created with Vellum

For my Family

第一章/居住在瑞士的姑姑

你没有察覺到的事情或許會變成你的"命運"。

—榮格（瑞士心理學家）

我站上發球區，深吸一口氣後將球往上拋，等它落入揮拍區，我沿小黃球的中下部向左上部擦去，這種發球法叫"美式旋轉發球"，需要仰賴身體的腰部力量，優點是爆發力強，對手不易截球；缺點是稍有不慎極易造成扭傷，好比現在，我哀叫一聲後，躺在球場上動彈不得。

"顧小姐，妳還好吧？"我的陪打教練跑過來關心。

"還行，讓我躺一下，幾分鐘就好。"

時間一下子回到14年前，當年和小夥伴打完球，我也像此刻一樣躺在地上仰望藍天白雲，不同的是彼時是雜草叢生的克難球場，手裏拿的是二手球拍，不像現在，上的是網球會所，手裏拿的是Prince 7TY23，而陪打教練的要價一小時高達400元。

等休息夠了，我從地上爬起，教練問我還繼續嗎？

"不了，今天就到這裏吧！"我答。

回到儲物區，我把櫃子裏的耐克運動袋取出，然後上洗澡間淋浴，這裏提供的是歐舒丹的洗護用品，連香氛也帶著淡淡的柑橘味。

沐浴完畢，我上茶室喝茶，穿著藏青色格紋旗袍的女服務員問我要不要試試新進的雪域金絲茶？它具有抗病毒、調理腸胃、改善代謝等功效。

聽著很像老年養生茶，我不過是個大學剛畢業的女生，喝這個未免太未雨綢繆？所以像往常一樣，我一邊喝著養顏美容的玫瑰花茶，一邊欣賞園內的花團錦簇，同時聆聽來自水幕牆的潺潺流水聲，享受一方的寧靜。

離開會所後，我開著Mini回家，不過十分鐘的路程，我卻開了半小時，因爲還得上乾洗店拿母親放在那裏的孔雀七彩印花連衣裙，好讓她和閨蜜打牌時不丟臉。

說來奇怪，我記得小時候的家境很一般，住的是五十平米的公房，無私家車代步。也難怪，當時父親不過是個文員，母親偶爾接個手工活，做做塑料花什麼的。事情的轉折發生在小學五年級的時候，某天放學回家，我被告知即將搬家，同時轉學到有外教授課的實驗小學。

我不止一次對我家的突然富貴產生懷疑，譬如那三百多平米的大別墅及地下車庫停放的豪車。父母給我的解釋是中了體彩大樂透，然而我並不買賬，因爲早期的彩票獎金不若現在可觀，能買個二手公寓或國產車已經很了不起，除非我家連續中獎好幾期，而這無異天方夜譚，不是嗎？

當然，這種懷疑只是偶爾才會爬上心頭，大部份的時間裏我只關心課業。我的父母雖然文化水平不高，但對我的教育很用心，尤其少了爲五斗米折腰的名目，他們使勁燒錢，讓我上遍大大小小的補習班及興趣班，還好錢沒白花，最終我進了985名校，學的是熱門的會計專業，最近正準備

ACCA（國際註冊會計師）考試，因爲我的理想是進入四大會計師事務所，那非得優秀不可。

兜兜轉轉後，我把車停進地下車庫，拿上母親的"戰衣"上到一層。

"媽，會所問要不要續費？再續打九折，同時還能享受他家新增的私家水療SPA。"我邊說邊把衣服交給家裏的阿姨，讓她掛在通風處，待上面的乾洗溶劑揮發後再讓母親穿上。

"不續了，"母親向我招手，"宛宛，過來坐下，媽有話跟妳說。"

我在擁有世界上最舒服沙發美譽的Flexform上坐下，左手邊是原本身材瘦小，後來成了富貴相的母親；右手邊是原本謹小慎微，現今氣場全開的父親。

"妳姑姑，"母親看了父親一眼，父親索性躲進報紙裏，"妳姑姑想見見妳，妳準備一下，後天晚上動身。放心，機票已經幫妳買好，簽證也加急辦理，48個小時能出簽。"

我的姑姑指的是我爸的親妹妹，兩人相差十歲，聽說從小就是個學霸，選擇到免大學學費的德國留學後，輾轉去了瑞士，除了逢年過節會打個越洋電話問候一聲外，基本無消無息。對於這個從未謀面的姑姑，我挺有好感的，因爲每年生日我都會收到她的禮物，小時候是玩具，大了就送高科技產品，譬如去年生日她送我的是帶攝像功能的無人機（我挺懷疑她知不知道時下女生喜歡什麼）。不管如何，拿人的手短，我對她只有五星好評，沒有差評。

然而今日聽說姑姑要見我，而且火急火燎，連機票都買好了，我没有欣喜，更多的是抗拒。

"不行，兩個禮拜後有ACCA考試，錯過還得等半年。"我說。

"考試錯過了還能再考，人錯過了就什麼都錯過了。"媽答。

"人錯過了？莫非……"

“不是妳姑姑，是妳姑丈，那個德國佬突發腦梗塞，已經一命嗚呼了。”

我感慨世事無常，姑姑真可憐！

母親說既然同情姑姑就該飛去安慰安慰她，她也四十好幾，身邊沒個親人，的確可憐！

就我所知，姑姑和姑丈雖然結婚近二十年，但膝下猶虛，這大概是她疼愛我的原因，因爲我們顧家第三代就只有我這個獨生女。

“那……好吧！”我答，心裏想著還得帶上考試用書，萬一提早回來，也許趕得上參加考試。

秦平一聽說我要飛瑞士，如喪考妣。

“也不是一定缺考，我還帶上考試用書呢！”我解釋。

“說好一起參加考試、一起申請四大會計師事務所的工作，怎麼說變卦就變卦？”

我只好將姑姑的情況據實以告。

“生老病死，人之常情，我能理解，但妳畢竟是晚輩，又逢重要考試，難道不能讓妳父母先飛過去，等妳考完後再會合？”他問。

這也是我無法理解的地方，我的父母只打算讓我隻身前往，而且馬上！

秦平說這就是癥結所在，我的父母不喜歡他，所以藉故將我支開。

“不會的，要支開早支開了，何必等上三年？”我說。

我是大一下學期和秦平好上，他是“別人家的孩子”，不僅年年拿獎學金，對我更是體貼入微。我父母向來喜歡“好學生"，本來這是水到渠成的事，但一聽說他來自農村，唯一的姐姐還智障，立馬投反對票。我是阻力越大，助力也越大，他們越不贊成，我越要捍衛我們的愛情，所以一路走來，我就認定秦平，對其他男生投來的愛慕眼神視若無睹。

"可是……"

"没有可是，你還不明白我的心意嗎？"我問。

他笑了笑，問我今天還一起唸書嗎？我答當然。

然後我們攜手走向學校圖書館。

第二章/奇遇

北京飛蘇黎世没有直航的班機，我得在倫敦重新辦理值機及行李托運，還好父母幫我買的是商務艙，至少整個航程可以少受罪。

我在安檢口的右側聽完父母的叮嚀後走向左側。

"瑞士講什麼語言？"秦平問。

這個問題我查過，瑞士是個邦聯國家，基於尊重，各州人民保有選擇語言的權利，也就是說德語、法語、意大利語均屬於官方語言，除此之外，他們還有自己的語言—羅曼什語。

秦平又問我的語言不通怎麼辦？

我笑笑答自己又不是長久居住，安慰完姑姑即回，管他講什麼語言，再不濟還有翻譯軟件。

他仍不放心，說他有不祥的預感，也許……也許我再也不回來了。

我摸摸他剛剃完鬍髭的臉頰，答："我一定回來，不然誰幫你刮鬍子？"

話一說完，他擁我入懷。

"宛宛，該進去了。"母親在相距十米遠的地方喊。

"進去吧！"秦平讓我離開他的懷抱，"到了給我發個信息。"

想到就要和他相距半個地球，我突然感傷，萬一中途有個空難什麼的，豈不是天人永隔？

"平，我怕。"

"別怕，有我，我等著妳回來。"

我看著他的眼，雖然隔著鏡片，依然閃著星星，那是我的，只屬於我一人。

"答應我，絕不看別的女生一眼。"我說。

"我答應妳。"

"偷偷看也不行。"

他笑了，答："除了宛宛，看別的女生時我會把眼鏡摘下來。"

秦平有六百度近視，沒了眼鏡，視力下降非常明顯。

這次換我笑了。

他摸摸我的頭，俯首給我一個吻，輕輕的。

"宛宛，該進去了。"這次是父親，他在相距十米遠的地方喊。

"進去吧！我等妳回來。"秦平也說。

此時我才真正感覺離情依依，三步一回頭，看看左手邊的父母，再看看右手邊的男友，最後狠心一入關，讓淚水在眼眶裏打轉。

～

14個小時後飛機終於抵達倫敦，拿上行李，我直奔櫃檯。接下來的這個航班飛往日內瓦，中轉蘇黎世，因爲是短程航線，飛機是小飛機，商務艙只有三排，每排四個位子（左右各兩個）。

由於飛機抵達倫敦時已晚了半小時，加上還得重新值機和辦理托運，運氣好，總算讓我在飛機艙門關上前趕到。

"Excuse me. This seat is taken." 一個混血兒模樣的男子告訴我這個位子有人坐。

我抬頭確認座位號，的確搞錯了，不是右排，而是左排。道完歉，我趕緊坐下。

當空服員進行例行的檢查時，我才留意到方才那位男子所說的座位仍空著。

"好個種族歧視者！因爲不願和黃皮膚的我坐在一起，所以找了個藉口。"我心想，並且對他投去怨恨的眼光。

然而這没起到任何作用，因爲他一直望向窗外，懷裏抱著一個二十厘米立方的白色盒子。

"Excuse me. Could you ......" 空服員對他說。

他隨即把盒子放在那張原本空蕩蕩的位子上，並且替它繫上安全帶。

好奇怪的舉動，不是嗎？

例行的檢查一結束，飛機開始在跑道上滑行，接著升空，當繫上安全帶的指示燈滅了，那個"種族歧視者"隨即解開自己身上的安全帶如廁去。我之所以留意到是因爲他離座後又返回，二度確認盒子安全才離去。

"原來他不止是個種族歧視者，還是一名強迫症患者。"我邊想邊去翻菜單。

雖然只是一個多小時的航程，商務艙還是提供輕食，我得好好選擇，是凱撒沙拉配黃油麵包還是拉法卷配五彩蔬果？

没等我下好決定，飛機突然以一種左右搖擺的方式往下墜。我嚇壞了，尤其耳中傳來雜物紛紛墜落的聲音，伴隨小孩的哭泣，一時亂成一鍋粥。

當那個白色盒子離開安全帶向我飛來時，基於反射動作，我傾身一攔截，將它抱入懷中。

等飛機一控制住，我看見一個人影匆忙從廁所裏跑出來。

"没事，我抱住了。"我對他說。

之所以改用普通話說是因爲盒子上有行楷書寫的"勿忘"二字，所以我猜想他會使用我的語言。

"謝謝！太感激了。"他接過盒子坐下。

沉默一會兒後，我還是没忍住自己的好奇心，畢竟爲了一個盒子買座位的例子很少見，尤其買的還是商務座。

"請問……盒子裏裝的是什麼？"我問。

他看著我，那眼神複雜極了，融合多種情緒，大概科班出身的演員都演不出來。

"對不起，冒犯了，你不想回答也可以。"我找台階下。

原以爲得不到答案，結果他還是回答了："盒子裏裝的是我母親，受她之託，此行我將把骨灰撒在蘇黎世湖。"

雖然我有很多問題想問，但還是以一句"I'm sorry."了結。

"其實家母已經去逝半年，我是最近才得了年假，等日內瓦的會議一結束，我再繞回蘇黎世完成母親的遺願。"我没問，但他主動回覆我的疑問之一。

看他西裝革履，又聽說他到日內瓦開會，我當然想知道他是不是重要人物。

"冒昧問一句，你從事什麼行業？"我問。

他回答他在英國Caesar Chance律師事務所工作（以他無比崇敬的語氣，我猜想這家事務所的含金量一定很大）。

"原來是大律師，失敬失敬！"

"不，我只是個事務律師，還不能出庭，不算嚴格意義上的律師。"

接著他解釋從法律系學生到律師事務所合夥人的整個過程，那真是重重考驗，比登珠穆朗瑪峰還難。

談話至此，他沒有表現出對我有任何獵奇心理，我是說他沒問我的職業、興趣、乘機目的……等，這不免讓人洩氣，可見我有多麼平凡。

"Excuse me, do you want something to drink before the meal?" 空服員問我們。

他答香檳，我答蘇打水。

空服員一走，代表我和他之間的談話也結束。顯而易見，當飛機降落蘇黎世之後，我們便各奔東西。

第三章/Hans

我走出關口，很輕易便找到自己的名字。

"我是顧宛宛。"我指著A4紙上工整的方塊字說。

"我是Hans，"他上下打量我一下，"Brigitte讓我帶妳先去店裏看看。"

Brigitte? 我問誰是Brigitte?

"她是O-One魚子醬的老闆娘。"他答。

我非常確定自己不認識這麼一位成功人士。

"難道接錯人了？"他喃喃道，然後撥打電話。

沒多久，我聽到手機那端傳來熟悉的聲音，姑姑要我上車，待會兒見。

我有些難爲情地把手機還給Hans。

"妳和Brigitte看起來很相像，如果接錯了，我恐怕要懷疑人生。"他答。

說來很不可思議，我竟然不清楚自己姑姑的名字以及所從事
的行業。其實解釋起來一點兒也不困難，那是因爲她是長
輩，我不可能直呼其名（當然更不會知道她的洋名字），還
有，我一直以爲她只是個普普通通的家庭主婦，殊不知她還
管理著一家商店。

"對不起。"我說。

"我没有責怪之意，請別誤會。"他伸手接過我的行李，"停
車場有點兒遠，得走一小段路。"

我以爲從機場到市區開車起碼一個小時，没想到不到二十分
鐘便來到繁忙的街道。

"這裏是班霍夫大街，據說是世界上最富有的街道，妳若想
購物，來這裏準没錯。"他說。

其實不用Hans多介紹，來之前我已做過功課，知道這條大街
位於蘇黎世利馬特河的西岸，原來是一段舊城牆，1867年拆
卸後改建成一條馬路，後來發展成爲世界上最昂貴的街道，
全長1.4公里，由蘇黎世火車站前開始，沿著利馬特河往南，
直至蘇黎世湖畔的布爾克利廣場爲止。大街上除了商店林
立，還集中了世界各國的200多家銀行，不僅是全球最大的
金市，外滙和證券交易量也雄踞歐洲之冠。

"抱歉，我只能開到這裏，再往前只有電車能通行。"Hans一
解釋完，將方向盤來個90度大轉彎。

停好車後，我們沿著一個個漂亮的櫥窗往前行。街道乾淨得
讓人想在上面打個滾，而道路兩旁栽種的樹木不僅養眼還沁
人心脾，因爲微風帶來葉香撲鼻。

"這裏和北京有什麼不同？"Hans邊走邊問我。

"講到繁華，北京更勝一籌，但兩者的味道不一樣。"

他又問哪裏不一樣？

其實我也說不上來，可能是氛圍，也可能是路上穿正裝的人多了起來，還有，貌似這裏的人不太熱情。

Hans表示我的觀察入微，希望我早點兒趕上這裏的節奏，因爲Brigitte極需幫手。

這也是我的迷惑之處，我才剛下飛機，時差還沒倒過來，姑姑就讓Hans帶我到她的店裏瞧瞧，一點兒也不體諒人。如果不是之前對她的印象太好，我恐怕要以爲這是個不好相處的老女人。

“你說她需要幫手……”

“到了，就是這家。”

我還沒問完，Hans表示已經到達目的地。

這是一間寬約六米的店面，夾雜在各大奢侈品名店中並不顯突出，但別具一格，有種輕奢的質感（我是說口袋裏若沒個萬把塊錢，大概不好意思走進去）。

只見Hans很自然地推開那扇深褐色大門，跟裏面兩位高頭大馬的洋女人打過招呼後便直接無視。

我快速瀏覽一下，店內的深度不深，右邊是展示櫃，左邊是兩張法式圓桌，也許店後還有什麼，但表面看不出來。

“顧小姐，這邊請。”Hans帶我走向右手邊。

我看見展示櫃裏有十幾個約兩公升容量的錫罐，在燈光的照射下，宛如奇珍異寶閃耀著光芒。

“這些都是魚子醬，”Hans站在櫃檯後，樣子像是售貨員，“一般來說，零下$2\sim4$度是最佳的保存溫度，但這個冷藏櫃最低只能達到3度，換言之，如果$6\sim8$週內沒有售出，這些魚子醬只能扔掉。”

“有扔掉的例子嗎？”我問。

他回答沒有，倒是時不時需要補貨，這也是店後設置大冷凍櫃的原因。

我因而得知這個店比我想像得大，因爲還得放下一個冷凍櫃。還有，聽說魚子醬很貴，看來在瑞士是大眾食品，人人都吃得起（否則不會銷售得如此迅速，不是嗎？）。

我指向展示櫃裏一罐黑不溜秋的魚子醬，隨意問起價錢。

Hans 沒回答我，反而將它取出來放在淺黃色的大理石檯面上，然後用一根貝殼製小勺挖出一勺放在我的手背上，示意我用舌頭舔著吃，我照辦。

該怎麼形容呢？粒粒完整的魚子在口中被壓碎後，一股腥味瞬間在嘴裏蔓延開來。

“喜歡嗎？”他問。

“不太喜歡。”我誠實回答。

“那真可惜，妳剛把 100 歐元吞下肚，卻無法欣賞它的美味。”

100歐元？不會吧？！就這麼點兒也要七、八百元人民幣？

Hans答這是白鰉魚子醬，母魚需費時15年才能產卵，取卵之後的十幾道工序必須一氣呵成，接著送進冷凍櫃保鮮，如此天然、嬌貴、既費時又費力的稀有物當然身價不菲，說是“黑珍珠”，一點兒也不爲過。

“這些魚子醬都是我姑姑製作的嗎？”我問。

“不，當然不是，”他笑了，“製作魚子醬需要有臂力的專業人士，Brigitte太瘦弱，現在更是不行。”

我很想問爲什麼現在不行，此時店裏走進來兩位富太太模樣的華人，Hans對我說了聲對不起後，堆起笑臉迎上前去。

第四章/翹首以待

Hans是個傑出的銷售，態度不卑不亢，正因為這種恰到好處的距離，兩位富太太很快"在商言商"地完成交易，一個買了奧西特拉鱘魚子醬；另一個買了閃光鱘魚子醬，重量倒是一致，都買了100公克，全進了晶瑩剔透的冰塊裏（不是真的冰塊，而是像冰塊的包裝，給人一種新鮮純淨的感覺）。

"我真喜歡你家的包裝，很顯高端大氣上檔次。"頭戴茶栗色赫本遮陽帽的女士接過袋子說。

"謝謝！這是請專人設計的，就為了彰顯客人的尊貴。"Hans答。

"呵呵！"她笑得花枝亂顫，"像你這種八面玲瓏還同時會說德、法、意語兼普通話的銷售，現在已經很難找了，你應該走出去，而不是窩在這麼個小店裏。"

Hans承認這家店是小，但O-One魚子醬位於弗魯蒂根山區的養殖場可不小，大約有八個足球場大，光加工師傅就超過三十人。

脖子上繫著巴寶莉經典愛心格紋絲巾的女士緊接著開口：" 也許哪天有機會可以參觀一下，對了，好久不見Brigitte， 她可好？"

" 很好，承蒙關心。"

然後兩個趕著食用珍饈的人很快告別。

待人走後，我問：" 魚子醬配什麼吃好呢？"

由於眼下沒有新客人，Hans請我移駕到法式圓桌前坐下。

我們一入座，那兩位高頭大馬的洋女人立刻回到櫃檯前，我 因此得出一個結論，那就是櫃檯前一定得有人站崗，甭管是 否有顧客光臨。

" 妳喝什麼？" Hans問我。

" 有什麼？"

" 咖啡、紅茶、啤酒、葡萄酒。"

我要了黑咖啡。

他給了我一杯用白色骨瓷咖啡杯盛裝的黑色液體，我看到杯 身有O-One的Logo，那條墨灰色的鱘魚猛一看很像大白鯊 （換言之，它長得並不可愛）。

" 妳問到有關魚子醬的吃法，" Hans重新撿起話題，" 或許有 人認為搭配蘇打餅乾、法國麵包或海鮮最佳，但我個人認為 把冰鎮過的魚子醬直接送入嘴裏最棒。其實這個東西不光搭 配的食物有講究，連取用的方式也不能馬虎，譬如純金以外 的金屬餐具容易讓魚子醬走味，所以一般採用珍珠母貝、木 製或骨瓷的小勺替代。"

我喝了一口咖啡，當又看到杯身上的Logo，不免好奇為什麼 店門口沒有？如果連個商店名稱也沒有，顧客又如何發現， 甚至上門消費？

Hans解釋剛開始營業時，玻璃櫥窗上的確有條墨灰色的大魚 Logo，由於多次被誤會是販賣海鮮的店，Brigitte索性把Logo

取下，還好上門的顧客多半是熟人介紹，影響不大。

說的也是。剛剛那兩位客人合計買走了近八百瑞郎（約合六千元人民幣）的魚子醬，這可不是一般的市井小民負擔得起，換言之，只要能吸引到高端客戶群體即可，其他都是浮雲。

"我姑姑……"我想起此行要拜訪的人。

"Brigitte一直有糖尿病，Markus死後，因為某些外在原因，促使她的病情加重，不僅人消瘦不少，四肢還乏力，現在每晚睡前她必打胰島素，以防血糖升高。"

"外在原因？"

"Markus走得突然，連遺囑也沒留，在此情況下，他的直系血親都是法定繼承人，所以即使O-One實際由Brigitte和Markus創立，也改變不了被拍賣的命運。眼看自己的心血即將付諸流水，Brigitte氣得血壓升高，糖尿病就更加嚴重。"

原來如此！

我問為什麼不讓O-One繼續經營下去？看樣子它的營利狀況良好，可以採每年分紅的形式。

Hans答眾口難調，如果能有個中間人斡旋，事情不難解決，比較棘手的是不光Markus的爸媽急著想分一杯羹，Brigitte本身也難搞，按照她的邏輯，O-One是她和老公一手創建的，干公公婆婆何事？何況他們已經不往來很久了。

"這倒是個問題……"我喃喃道。

"這也是Brigitte希望由我先和妳談談的原因，讓妳對整個情勢有大致的了解，將來好幫她。"

我飛來蘇黎世單純只為了安慰新喪偶的姑姑，我們甚至未曾謀面過，很難想像我能幫上什麼忙。

"我想姑姑恐怕太高估我了，何況我還得飛回中國參加考試。"我說。

“考試？什麼時候的事？”

“下個月三號。”

Hans搖搖頭答不可能，遺產分割的事先不說，近期我得代替Brigitte飛到洛桑參加婚禮。

“我？”我揚起聲，“為什麼？”

“Brigitte病懨懨的，如何參加婚宴？”

“可是我又不認識新郎新娘，再說，人難免有個頭疼腦熱，只要禮到，應該沒有人會責難。”

“妳不懂，婚禮上的頂級魚子醬由O-One提供，妳去，表面上是觀禮，其實是確保賓客們都能充份享受到這黑色軟黃金所帶來的絕妙感受，畢竟二十六萬的訂單不能有絲毫的差錯。”

我當然不會天真地以為是二十六萬元人民幣，那麼就是二十六萬瑞郎囉！以目前1比7.65的匯率計算，約合兩百萬元人民幣。

“天哪！光魚子醬的費用就這麼多，很難想像整場婚禮將花費多少錢。”我咋舌。

“能辦得起奢華婚禮的人，想必不允許現場有任何不愉快的事情發生，所以O-One必須有人到場。”

我很想知道為什麼姑姑派我這個對魚子醬一竅不通的人前往，但顯然這不是Hans能回答的，所以我只是把問題埋在心底。

“妳準備好了嗎？”Hans看了一眼腕錶問，“如果準備好了，我現在就載妳去見Brigitte。”

想到就要和從未謀面的姑姑見面，我的內心激動不已。

“我準備好了，請帶路。”我答。

第五章/大惑不解

離開班霍夫大街後，車子沿著Glockengasse往北開，然後方向盤一轉，上了一座橋。

"這河上總共有幾座橋？"我問，因為左右可視範圍內已有數座。

"有六座，不過不是每一座橋都能讓車子通行。"

"河面上的船隻好像不多呀！"我接著問。

"是不多，如果妳仔細觀察，河上的遊船船身都很低，為的是穿過不高的橋洞。"

聽他這麼一說，我將目光投向利馬特河上的來往船隻，的確如此。

"真好！河水、遊船、漂亮的建筑……没看過那麼歲月靜好的城市。"我有感而發。

Hans笑了，他說如果白天的蘇黎世像清新脫俗的小女孩，那麼夜晚的蘇黎世就成了呱噪的中年婦女，若不信，隨便走進一家酒吧就能印證。

我心想酒吧當然吵，拿這個比喻很不恰當，但鑑於我和Hans沒那麼熟，我沒有說反對的話。

橋很短，打兩個噴嚏就能從橋西開到橋東，這可不，我們已經離開Bahnhofbrucke橋，開始沿著Limmatquai往南行。

"這一片算是老城區裏最典雅的部份，喏！Brigitte的公寓就在前面，那棟灰藍色的便是。"

我沒想到姑姑的家離她的店鋪如此之近，更沒想到的是她的公寓竟……如此寒酸，如果不是上面遺留的雕刻訴說著歷史痕跡，我真要以為是棟工廠大樓。

Hans停好車後，我們走進公寓，迎面而來的是比我奶奶還老的古董電梯以及那揮也揮不去的腐朽氣息。

"這部電梯至少百年了，進出還需要人工操作。記住了，無論內門還是外門，只要有一扇沒有關好，電梯就不能運行，所以離開電梯前一定得把這兩道門都關好，否則樓上或者樓下的人就叫不動電梯了。"他叮囑。

"好的。"我答，然後隨他進入電梯。

只見Hans小心翼翼地拉開再關上兩道彈簧門，緊接著按下數字4（底層是0）。隨著老電梯緩慢上行，我竟然能看到另一側樓外的街景，真是新奇！

抵達第五層，Hans要我試著操作電梯，我用力一拉，發出巨大的聲響，嚇了我一跳。

"這彈簧門的勁兒很大，妳一定得手扶一下，否則就像剛才一樣，估計能把心臟不好的人送上西天。"

我吐了吐舌頭，為自己的魯莽舉止感到不好意思。

離開電梯，Hans帶我來到一扇鐵灰色的大門前，按下門鈴後，一個瘦小的婦人前來開門。

" #@/%………"她說。

" %¥#€$……"Hans答，然後指向我。

接著婦人便用德語向我問好，我也回覆："Guten Tag!"

進到屋內後，婦人逕自往裏走，我則被眼前的一切給驚呆了。原本已經做好迎接一室簡陋的心理準備，沒想到裏面別有洞天，大大超出我的想像。

"剛才那位是家務員Annett，"Hans介紹，"她說Brigitte上家庭醫生那裏去了，不遠，開車五分鐘就到。既然人不在，那麼由我帶妳參觀一下屋子吧！"

"好的，麻煩了。"

首先映入眼簾的是一個方方正正、採光良好的客廳，組合式沙發上有不同顏色和圖案的靠墊及抱枕，沙發前面是一張深色的木質矮桌，沙發背面則是一長溜的落地窗，可以俯瞰公寓外的街景。

"別小看這套沙發，那是Hans Hopfer Roche Bobois系列。"

然後我發現屋內不能小看的還不止此，譬如沙發上有著櫻花和海浪圖案的抱枕出自設計師Jean-Paul Gaultier之手，而木質牆壁上掛著的不對稱六邊形工藝乃由紐約藝術家 Austin Weiner所創作。

走進廚房，Annett正在燒開水，她問我們要咖啡還是茶？我們答茶，然後Hans緊接著介紹中島陳列櫃上的意大利麵可不是食材，而是Linda Miller Nicholson所製的裝飾物。

離開廚房，就在通往浴室的走廊上，Hans告訴我牆角立著的"黃色圓珠筆"是個不凡的傑作（可惜他忘了創作者的名字），而正對著的牆上掛著的是Eamon Harrington的畫作，上面的文字翻譯成中文便是：**這套公寓可以為所有到來的人提供家的感覺。**

"浴室和房間就不帶妳看了，畢竟那是私密空間。"Hans說。

我環顧四周，感歎原來姑姑還是藝術愛好者，真是大開眼界！

"她的確努力往知性及優雅靠攏，可惜還是差那麼一點兒。"

我問什麼意思？他答還是由我自己去發現比較合適。

"那麼你和我姑姑是怎麼認識的？" 我問了從機場見面起就一直想問的問題。

"緣份吧！我以為自己永遠也出不了國門，没想到後來輾轉去過那麼多國家，還見過許多形形色色的人。"

這簡直答非所問，我不相信精明如他會不懂我在問什麼（雖然我只是個初出校門的大學女生，但Hans的城府深還是讓我感覺到了）。

"#$&*@......" Annett問，雙手捧著一個大托盤。

" @¥%#/@......" Hans答。

Annett走後，Hans表示他也該回店裏去。

"你走了，我怎麼辦？" 我問。

" 放心，Brigitte 已經在回來的路上，估計到家時茶水還是熱的。"

我默默回到客廳，木製矮桌上已經擺好一壺茶及幾樣糕點，杯子有三個。

"Hans原本想和我們一起喝茶，為什麼改主意了？" 我心想，大惑不解。

第六章/初見姑姑

姑姑進來時，果然茶水還是熱的。

"宛宛，妳來了。" 她坐在輪椅上對我微笑。

我有些遲疑地走上前去，她猛然握住我的手，像抓住什麼重要的東西。

"姑姑……痛！" 我輕喊。

"噢！對不起，我太心急了。" 她放開緊握的手，然後把目光投向矮桌，問，"今天喝花茶？"

"是……是的。"

"太好了，我就喜歡喝花茶。"

剛剛喝茶時，由於感覺口感怪怪的，我曾打開那個少女心十足的茶壺檢查了一下，發現裏面是各種花瓣加上蘋果、山楂等果脯，一片茶葉也無，真正做到"有花無茶"，不像我國是將有香味的鮮花和新茶一起熏製，等茶葉吸收花香後再將乾花篩除（也有不篩除的）。

"那麼趁熱喝吧！"說完，我望向姑姑身後的男人，不確定他是否也要加入喝茶的行列。

那男人把輪椅推向客廳後，一把抱起姑姑，動作很熟稔。

"謝謝你，老余。"姑姑坐好後道謝。

"不客氣，"他望向我，話卻是對姑姑說，"這就是妳侄女？如果不明說，我還以為是妳女兒呢！妳們兩人長得真像，簡直是一個模子刻出來的。"

"別亂說！她是我哥哥的女兒，不可能是我女兒。"

姑姑變了臉色，把原本就有點兒冷的場面給弄得更加擰巴。

"呵呵！那我不說話，我去給車子加氟利昂。"

待人走後，姑姑對我說老余講話不經腦子，要我別往心裏去。

其實他說的話沒什麼不恰當，親戚難免長得相像，是姑姑反應過度了。

"余……叔叔也住這裏嗎？"我問。

"怎麼可能？"姑姑揚起聲，發現語氣不好後，像澄清什麼似的，"他是我剛僱用的司機，住在Sonnenberg公園附近，是個鰥夫，所以凡事得謹言慎行，免得讓人說閒話。"

姑丈去世沒多久，姑姑就僱用了一個喪妻的男人，的確得保持一定的距離。

我幫姑姑倒了茶水，她呡了一口，問："怎麼有三個杯子？"

"Hans本來想跟我們一起喝茶，臨時變卦回店裏去了。"

姑姑聽完好像挺不在乎的，反而急於想知道我對Hans的看法。

"說不上來，因為只見過一面。"我答。

"有句話'伴君如伴虎'，我感覺把Hans留在身邊就像養了一隻老虎，不知何時會被他反咬一口。"

"不會吧？！"我摀住嘴笑，"姑姑，妳太誇張了。"

姑姑睨了我一眼，那樣子像在說：不信？等著瞧！

為了轉話題，我問姑姑想吃哪塊糕點？

"我有糖尿病，不能吃太甜的，給我來塊三角的吧！"她答。

三角的？那就是全麥餅乾。

我拿起銀製蛋糕夾夾了兩片餅乾進粉色碟子裏（碟子上有白色小雪花，和茶具同一系列）。

"姑姑，請慢用。"我遞了過去。

"宛宛，給我拿雙筷子吧！"

筷子？用筷子吃餅乾？

我半信半疑地走向廚房，Annett正在洗抽油煙機，她問我想要什麼？（我猜的）

" Chopsticks." 我用英語答。

她隨即從抽屜裏拿出一雙筷子遞給我。

" Can you speak English?" 我好奇一問。

" Some."

太好了！

雖然我的英語一般般，但和德語比起來（蘇黎世是德語區），實在好太多。既然Annett會說一些英語，代表我倆不是完全沒辦法溝通。

我拿著筷子回客廳，姑姑看了很開心，立馬用筷子夾起餅乾吃。

這景象看著彆扭，雖然筷子和餅乾兩者並不稀奇。

也許因為我盯著姑姑吃東西，她解釋：" 我不喜歡手碰食物，但戴塑料手套吃不免奇怪。"

戴塑料手套吃餅乾的確奇怪，但拿筷子夾著吃不也奇怪？

" 是奇怪。" 我附合姑姑的言論，心中想起Hans說過的話，他說姑姑努力往知性及優雅靠攏，可惜還是差那麼一點兒。

~

這個公寓大概有兩百平米大，房間卻只有兩個，那是因為不論公共區域還是房間都比尋常的大，好比我住的這間，不僅擺下King Size的雙人床，還有個步入式衣帽間，連衛浴也乾濕兩分（用玻璃門分別將浴缸、淋浴間、馬桶及洗手池隔開）。對了，裏面還有一整牆的陳列櫃，上面擺滿了護手霜、護膚品和香水等。

由於坐了近16個小時的飛機，又被Hans強拉著參觀O-One在班霍夫大街上的專售店，回到公寓緊接著陪姑姑喝下午茶……好像沒人相信一個23歲的女生也會累，所以當Annett過來喚我吃晚餐時，我直接回覆No，翻了個身又沉沉入睡，當再次醒來時已是隔天下午。

" Guten Tag!" 我走進廚房，Annett對我說。

德語中的"Guten Tag!" 挺有意思的，它代表"你好"（僅限白天使用）及"午安"，所以我有點兒迷惑她指的是前者還是後者，當看到墙上太陽神造型的時針指向2與3之間時，我瞬間明白她在向我道午安。

" Guten Tag!" 我回禮，然後問她Brigitte在哪裏？

" She went to see her family doctor."

" Again?"

Annett 以德語"Ja."回覆我，代表姑姑又去看家庭醫生了。

我突然有些失落，這個點不上不下，難道像昨天一樣坐等姑姑回來，然後和她一起喝下午茶？

" #¥@/%......" Annett打開冰箱喃喃自語。

我問怎麼了？她答没有牛奶了。

於是我主動提出幫她跑腿（順便還能熟悉一下附近環境）。

" Danke sehr! " 她向我致謝，笑如春花。

第七章/八竿子打不著的達達主義

忘了Hans的叮囑，我又讓電梯的彈簧門"響徹雲霄"。

"該死！"我咒罵一句。

電梯到了底層，我還沒走出鋪滿花地磚的門廳就听到樓上有人說話，說的什麼？不懂！

姑姑居住的這個區域叫尼德道爾夫，屬於老城裏的特色人文區。如果說霍班夫大街還能看到行色匆匆的購物人潮或白領，那麼過河來到尼德道爾夫又是另一番景象。瞧！綴滿鮮花的陽台、爬滿藤蔓的牆面、可愛的信箱、小巧玲瓏的飲水噴泉、迷宮式的小巷、依坡而建的老房、精緻而各有風格的商店、餐廳、咖啡館……等，在在散發著濃濃的小資情調。

我走走看看，突然被一棟粉紅色建築物給吸引住，它的入口門楣上寫著Cabaret Voltaire。 我不清楚是什麼意思，但右側黑色看板上的Coffee我倒是知道的，於是我壯著膽子走進去（初來乍到且擔心語言不通，我難免膽怯）。

這是一家複合式商店，看完琳瑯滿目的小玩意後，我走進附設的咖啡廳小憩。

"#@%/........" 那個高大魁梧、金髮碧眼、臉部線條偏硬且有點高冷的櫃檯男服務員問我要什麼？（我猜的，應該八九不離十。）

"Latte and ...... a piece of orange cake, please!"我答。

他愣了一下，彎腰指著蛋糕櫃裏的橘色蛋糕片。

"Ja." 我點頭。

"Sahne?"

這個真聽不懂，但我又點頭了。

東西端上來後，我才發現自己點的是加上奶油的胡蘿蔔蛋糕（跟橙橘無任何關係），還好不難吃。

"看來如果想長期住在蘇黎世，首先得學會德語。" 我邊想邊打開手機上網，發現爸媽和秦平都分別給我留言了。

昨日抵達克洛滕機場，我已經跟他們報過平安，今日父母的留言無非要我吃飽穿暖兼聽姑姑的話（我都不怎麼聽他們的話，他們卻希望我聽命於一個二十多年未見過面的親戚，這個操作有點兒令人匪夷所思）；反觀秦平，他没寫奇奇怪怪的東西，而是要我在北京時間夜裏十點給他打電話。

我換算了一下時間，現在已經晚了一個多鐘頭，他還在嗎？

"喂！" 他低沉的嗓音傳來。

"我，在蘇黎世迷路的美羊羊。"

動畫片《喜洋洋和灰太狼》裏，美羊羊不僅"眾星拱月"，還是"美麗"的代言人。

"記住，喜羊羊等著美羊羊回家。"

秦平的回家指的當然是回北京的家。

"看樣子我還回不了家，至少目前是。" 我說。

"為什麼？妳不是已經見過姑姑？"

"她……她生病了，所以由我代替她參加婚宴。"

秦平問是什麼時候的事？

"不清楚，即使是近日，去頭掐尾，回到北京剛好趕上進考場。與其'陪考'，倒不如棄了，坐飛機也是挺累人的事，我到現在還沒把時差倒過來呢！"

他沉默一會兒後，勉強接受我的缺考，不過只此一次，下不為例。

"知道了，"我鬆了一口氣，"等這邊的事情一結束，我買最早的班機飛回去，因為才分開三天，我就開始想你了。"

秦平的毛被我摸順了，人也有了精神。

"妳現在在幹嘛？"他問。

"在喝拿鐵及吃加了奶油的胡蘿蔔蛋糕。"

他要我描述一下所處環境，我問為什麼？

"人不能跟妳在一起，就想心與妳靠近一點兒。"

於是我環顧四周，然後告訴他："這裏的牆面有些斑駁，上面掛著幾個相框……有個壁爐，壁爐旁的墨綠色皮沙發很陳舊……木質桌椅像從舊貨市場淘來的……雖然有現代照明，但牆壁上有燭台，上面還架著白色蠟燭……"

秦平說聽著像是走進某個故人的故居內，和他想像的完全不一樣，他以為我會去浪漫一點兒的咖啡館喝咖啡。

"我是被外面的粉紅色牆面給騙進來的，它的入口門楣上寫著Cabaret Voltaire。"

"Cabaret Voltaire！"他驚呼，"那是蘇黎世達達主義的誕生地。"

達達主義？印象中那是一群唯恐天下不亂的人在作怪，連小便器上簽個名也算藝術，簡直滑天下之大稽！

秦平不苟同，他認為達達主義者試圖通過廢除傳統的文化和美學來表達他們對資產階級價值觀和第一次世界大戰的絕望。雖然只能算是一種過渡狀態的文藝思維，但無形中卻催生了20世紀大量的現代及後現代流派，換言之，没有達達主義者的努力，這些都很難實現……

老實說，我挺不明白為什麼要在一個愜意的午後聽遠在萬里之外的男友談和自己八竿子打不著的達達主義，但我還是禮貌地聽完，並讚美他的真知灼見。

"宛宛，妳真是我的知音！"他說。

我笑得很勉強。

秦平緊接著問我現在是蘇黎世的幾點鐘？

"下午五點剛過。"我答。

"北京已過了午夜。"

"那麼你去睡吧！晚安。"

"晚安，愛妳～"

掛上手機，我把最後一口蛋糕吃完，然後起身離開。

第八章/勇氣

電梯門打開，我還沒走到那扇鐵灰色門，樓下傳來說話聲，說的什麼？不懂！

是Annett開的門，她問我Milch在哪裏？（德語的牛奶和英語的牛奶音似，我一聽便懂。）

我趕緊道歉，說自己現在就去買。

"%@#$&……" 她拉住我，指指屋內，" &$#%@+……"

莫非她要我進屋？

我還沒搞明白，她已經走向電梯，我只好進屋去。

"宛宛，妳去哪裏了？" 姑姑坐在餐桌前問。

"我……去買牛奶，但忘了，Annett現在出去買……我猜的。"

"沒事，過來吃晚飯。" 她向我招手。

我走了過去，看到姑姑的大盤子上有少許的豬肘，但有大量的水煮蘑菇和青菜，我頓時沒了胃口。

"Annett還煮了土豆泥，應該在烤箱內，妳自己去取。"

我走進廚房，烤箱內果然有個大盤子，內容物跟姑姑的差不多，只是豬肘的量多了些，還有一坨土豆泥。

由於菜還是溫的，我沒加熱就端走。

"今天下午妳做了什麼？"姑姑問。

"隨便逛逛，然後到 Cabaret Voltaire 小坐了一下。"

"Cabaret Voltaire ？"她輕喊，"想必妳也知道那是蘇黎世達達主義的誕生地。"

看來這個"亂搞"主義不若我想的微不足道。

由於害怕姑姑像秦平一樣為我普及達達主義的知識，我決定先了解一下自己的處境。

"昨天 Hans 告訴我一些事情，除了代替姑姑參加婚禮外，我不知道自己還能幫上什麼忙？"我說。

姑姑愣了一下，承認她的確需要我幫忙，等我從洛桑回來後再和我詳談。

我問婚禮什麼時候舉行？她答明天下午。

明天下午？我時差還沒倒過來，何況行李箱裏連一件像樣的禮服也沒有。

姑姑反問我不是已經休息一天了？怎麼時差還沒倒過來？至於禮服……她已經幫我租了幾件，就吊在我的衣帽間，連首飾也搭配好了。

"妳如何知道我的尺碼？"我不解。

"女生的禮服下襬大部份是傘狀，只要腰圍合適，基本沒什麼問題，"她上下打量我一番，"妳應該穿36碼的。"

我挺不高興由他人決定我的穿著，但時間緊迫，也只能這樣了。

"Hans 告訴我此行是商務性質，最主要是確保二十六萬瑞郎的訂單沒有絲毫差錯，萬一……我是說萬一……萬一出了差錯，我該怎麼辦？”

姑姑要我別擔心，Hans會陪我去，我就觀察他如何處理突發狀況。

“什麼？！既然Hans會去，何必有我？”

姑姑嘆了一口氣，答：“血濃於水，Hans畢竟是外人，我能依靠的也只有妳了。”

我嚇得兩腿打顫，姑姑的意思該不會要我接管她的O-One魚子醬公司吧？

“我……我……”

“宛宛，別擔心，”她對我微笑，“簽證的問題由我解決！”

～

走進衣帽間，那裏吊著三件我從沒見過的衣服，分別為粉藍、桃紅及煙灰。

我把那件煙灰色的禮服取下，然後走向穿衣鏡，裙子上的金色樹葉及銀色星星非常閃亮，腰部是豎行魚骨設計，帶來視覺上修身的效果，而肩上輕紗堆疊的蝴蝶結慵懶地垂落下來，宛如蝶落肩上，飄飄若仙……

有了衣服，當然少不了畫龍點睛作用的配飾。

我轉身望向位於衣帽間中央位置的首飾展示櫃，昨天還空蕩蕩一片，今日已被擺上幾件用假鑽、假水晶、塑料花所製的頭飾和手鏈。

“租的肯定次一點兒，看來也只能將就了。”我邊想邊把那頂有著粉色絹花的頭飾戴在頭上，不諱言地說，鏡子裏的我像花仙子一樣漂亮！

～

蘇黎世没有飛洛桑的航班，只能先飛往日內瓦再坐車抵達目的地。Hans認為如此一來還不如自己開車，不到三個小時就能到。

"行，你明天幾點過來接我？"

"婚禮是下午三點舉行，新郎和新娘包下了整個酒店，方便客人在房間裏梳妝打扮及換衣。如果妳不是那種會花很多時間在儀容上的人，早上十點出發正好。"

"可以。"我停頓了一下，"除了隨身物品，我還需要準備什麼？"

"再準備一些勇氣即可。"他答。

第九章/住在下水道裏的倉鼠

由於預定十點出門，八點鐘我便起床梳洗兼打包，等我走出房門，姑姑已經開始吃早餐了。

"早，姑姑。"我喊。

"早，趕緊過來吃早餐。"她向我招手。

我走過去，發現她的早餐是麥糊、黑咖啡，外加一小碗的綜合水果。

"姑姑吃得好......營養啊！"我說。

"如果讓我選，我更鍾意多鹽、多糖、多油的不健康食品，但沒辦法，糖尿病患者就得忌口，每天被迫吃下一些讓人生無可戀的東西。"

我呵呵笑，說姑姑真幽默。

"喏！妳到廚房跟Annett要吃的，她的廚藝一般，想必妳也留意到了。"

直到目前為止，我吃過這個家務員準備的下午茶及一頓晚餐，該怎麼說呢？能用現成的，她絕不勞累自己（好比蛋糕和餅乾是買來的，土豆泥是沖泡出來的），真要她洗手做羹湯，也不過是把食物弄熟而已。姑姑有病在身，越簡單的飲食越好，但……這可害慘我了，我有預感，只要Annett當廚，我就別想吃好喝好，果然……

走進廚房，我這邊看看、那邊瞧瞧，頓時心冷了一大截，勉為其難地問Annett能不能給我兩個滴上醬油的煎蛋？

“No soy sauce.” 她答，聲音冷得掐得出水來。

我哀嘆一聲，退而求其次，只要求在蛋上加鹽及黑胡椒。

她悶不吭聲地把煎好的蛋遞過來，又給了我鹽罐及黑胡椒罐（我突然同情起西方人，不說別的，在吃的方面，中國人絕對比他們有口福多了）。

“妳就只吃兩個蛋？”姑姑問。

“嗯！廚房裏沒什麼好吃的。”

姑姑沉默一會兒後，回答：“知道了。”

知道了？知道個什麼？

我們安靜地吃著早餐，Annett走過來埋怨了幾句（之所以說“埋怨”，是因為她表情嚴肅）。

姑姑以一句“Verstehe”打發她走。

“Annett說什麼？”我問。

“她說妳離開電梯沒把電梯的兩個門給關上，害樓上及樓下的人無法使用。昨晚她已被住戶數落了，今早Müller先生逮到她又唸了一遍，她挺不開心的，又不是她做錯事。”

糟糕！我真忘了Hans的叮嚀，難怪方才Annett的態度冷得像冰雪女王，原來是受委屈了。

“我這就去道歉！”我起身。

“坐下！別忘了妳是主子。”姑姑喝道。

這是第一次我感受到姑姑也有端架子的時候，還有，她把我歸為Schneider家族（姑丈的姓氏）中的一員，讓我有些受寵若驚及無所適從，畢竟過去二十三年我一直是顧家的小公主，只此一家，別無分店。

"Hans幾點過來接妳？"姑姑問。

"十點。"

"臨走前別忘了刷牙，最好再噴點兒香水及口氣清新劑，女人得隨時保持優雅。"

聽到"優雅"二字，我的眼光不由自主地望向姑姑面前的餐具，還好她沒用筷子吃水果。

"知道了。"我答。

車子過橋後往南開再往北行，然後進入三號公路。

"現在只要一直沿著三號公路西行，再接A1、E25、E23就能到。"Hans說。

也許因為參加的是婚禮及婚宴，今日的Hans看起來有些不一樣，眉眼放鬆許多，不那麼拘謹。

"我沒去過洛桑，你去過嗎？"我忍不住問。

"去過。洛桑是一個古都，它的歷史可以追溯到羅馬帝國時期，地理環境依山瀕湖，依的是汝拉山脈，瀕的是日內瓦湖。市區有兩條河穿過，分別是弗隆河及盧夫河。"

我又問洛桑講什麼語言？他答法語，因為靠近法國。

"呵呵！又一個我不會講的語言。在瑞士這個國家，我就是個名副其實的啞巴、聾子兼文盲。"

"可以學呀！我也是從零到有。"

"我可沒你有天賦及毅力。"

"什麼天賦？什麼毅力？妳窮一次就什麼都有了。"

我不禁看了他一眼，這個三十歲上下的男人像個七、八十歲歷經滄桑的老者，他的世界……我不懂！

話不投機，逼得我只能"專心"欣賞沿途風景，還好瑞士沒讓我失望，旖旎的風光美得像仙境。瞧！萬里無霾的藍天、綿延不絕的草原、澄澈透明的湖水、雄偉峻峭的雪峰、小巧精緻的木屋……簡直夢幻極了！

"讀過《海蒂》那本小說嗎？"沉默半小時後，Hans開口了，"這風景像不像書中所描寫的一樣？"

"我沒讀過那本書，倒是看過根據小說改編的動畫片，莫非原著作者是瑞士人？"

"没錯，她是兒童文學作家。"

"難怪歲月靜好。"

Hans因此深看我兩眼，我問怎麼了？兒童文學不都這樣？

"的確，兒童文學非黑即白，沒有中間灰色地帶，而且故事結尾還得懲惡揚善，以符合像妳這樣的人的價值觀。"

像我這樣的人？我問我是怎樣的人？

"坐在米倉裏的人。"

我是坐在米倉裏的人？太可笑了！那他又是怎樣的人？

Hans答他是住在下水道裏的倉鼠，正等著被我解救。

什麼意思嘛？！人怎麼會是倉鼠？還有，我可不是上帝，只有上帝才能解救人。

Hans說他開玩笑的，要我別放在心上。

我望向道路前方，問："婚禮在哪裏舉行？"

"Beauté Palace." 他答。

第十章/二次見面

Beauté Palace 很久以前的確是個宮殿，後來裝修成為酒店，我已經準備要好好享受一場富麗堂皇的視覺饗宴。

車子一停妥，身著禮服的門童畢恭畢敬地替我們開車門，同時招來泊車小弟。

Hans交待幾句後，把車鑰匙交出去，同時給了小費，然後我們兩手空空地走進大堂辦理入住。

櫃檯那漂亮得宛如環球小姐的接待員在確認我們就是參加婚宴的客人後，按鈴叫來一位長得像男星James Franco的人接待我們。

就在他的帶領下，我們看到金碧輝煌、美輪美奐的公共區域，這包括隨處可見的鮮花、貌似年代久遠的裝飾畫、華麗的水晶吊燈、高級地毯、彩色玻璃鑲嵌的天花板、手工雕刻的樑柱……這些直接或間接印證建築物的歷史痕跡。然而美則美矣，並不若戶外給我的印象深刻。瞧！日內瓦湖靜謐地流淌著，遠處則層巒疊嶂，讓我想起"近水含煙、遠山如黛"那句話，如果不是鮮花拱門已佈置起來，座椅也擺上，我真要以為自己來到一個世外桃源。

" @%¥/@……"服務員問我。

" What?" 我不明所以。

Hans 居中翻譯，我因此知道那個好看的服務員問我會不會游泳？

"Oui." 我答。

這次他邊指著綠樹掩映下的泳池邊說著優美的法語。

" Oui." 我又答。

氣氛一下子冷掉了（這是為什麼呢？），還好八面玲瓏的Hans趕緊救場，適時轉移注意力。

服務員拿著小費走了。

" 你給多了。" 我說。

" 知道我得到過的最多小費是多少？告訴妳，能吃一頓法式大餐還有剩餘。"

Hans賣價昂的魚子醬，消費群體本來就高端，逢心情好，客戶大手筆給小費也不是不可能。

" 你今天心情好？"

" 一般，為什麼這麼問？"

" 因為你給多了小費，所以我猜你的心情應該挺好的，我就不一樣，心情不太好。"

他又問為什麼？我答我們既不是夫妻也不是情侶，卻只給我們一間房，還有，這個房間看不到湖景，多少令人失望。

" 嚴格來說，我們不是客人，而是供應商，主人願意提供鐘點房已經很賣面子了。" 他答。

"你的意思是婚宴後我們得連夜趕回蘇黎世？" 我頗為驚訝地問。

"如果妳不介意付每晚高達六、七百瑞郎的房費，妳可以留下。對了，這家的早餐聽說挺豐盛的，有鵝肝麵包供應。"

都說"不看僧面看佛面"，我好歹也是他僱主的侄女，何必把話說得如此尖銳？這顯示他刻薄的一面。

"我想換衣服了，Do you mind?" 我沉下臉說。

" Of course not. "

Hans走後，我把那件煙灰色的禮服拿出來穿上，再將花卉頭飾戴在頭上，然後坐在梳妝台前補妝。

不過兩個鐘頭的光景，酒店的花園已搭起一個白色大帳篷，下面擺著十幾張圓桌，桌上有名牌。

"別費心找妳的名字，因為我們是來工作的。" Hans說，此時的他已穿上與長褲同款的西裝外套，顯得精神奕奕。

"你的意思是我們得挨餓？" 我問。

"酒店餐廳有賣吃的，另外，主人大概不介意我們喝酒水，妳可以喝香檳喝到飽。"

神經！誰會喝香檳喝到飽？又不是酒鬼。

"那麼我們現在該干嘛？" 我又問。

"觀禮、微笑，其他交給我。" 他答。

能包下一個六星級酒店辦婚禮及婚宴的家庭肯定不一般，再怎麼也得儀式滿滿，譬如陣容強大的伴郎及伴娘團、好幾層

的夢幻大蛋糕、萌萌噠的花童、能摳出鑽石的百萬婚紗......等。

想當然爾，Chloé和Yann都做到了（寫上新娘和新郎名字的看板就立在婚禮現場）。

鑑於我的尷尬身份，我很自覺地站在最邊緣處觀禮，以致當新娘挽著父親來到泳池旁加蓋的舞台上時，我只能根據觀禮人的現場反應來遐想婚禮進行到什麼程度。好比現在，當牧師唸完宛如外星語的法語後，掌聲及讚歎聲隨之傳來，肯定是新郎吻新娘了。

"真好，又一對神仙眷侶。"我心想。

婚禮儀式一結束，代表婚宴即將開始，客人魚貫走向白色帳篷。我將身子讓開，心裏有種挫敗感，好像自己並不屬於這個階級，雖然這是鐵錚錚的事實。

"Hi，是妳！"

聽到鄉音，我轉過頭去，嚇得拿不穩手中的香檳。

"妳没事吧？"他問。

"我......很好。"我把左手的高腳杯交給右手，因為左手濕了。

"妳等會兒。"

當那個混血兒再度出現時，我看到用小碟盛裝的濕毛巾。

"我跟吧台要的。"他解釋。

我謝了他，然後用毛巾擦手。

"妳也來參加婚禮？"

"......嗯！"

"妳哪邊的？"

"什麼？"

“是新郎這邊還是新娘那邊？”

由於他穿著統一訂製的伴郎禮服，我猜他屬於新郎這一邊，所以我回答自己是Chloé那一邊。

“我想也是，因為Yann這一邊的人我幾乎都認識。”他答。

噓～還好沒出糗。

“婚宴就要開始了，聽說Yann的父母特別訂購了上等魚子醬，我挺期待的，我們趕緊入席吧！”

想到白色帳篷下無我的一席之地，哪好意思進入？

“座位都已經事先安排好，我們不一定坐在一起，你先過去，我……再等等。”

他問我是否在等同伴？我答沒有，自己隻身前來。

“那正好，我的同伴今天缺席，妳可以坐在她的位子上。”

“可是……”我東張西望，沒看到Hans，他不知上哪兒去了。

“這種場合本來就該高高興興、熱熱鬧鬧的，放心，我不會吃了妳。”

聽完，我噗嗤一笑。

想到Hans要我觀禮及微笑（我已經做到了），那麼蹭一頓飯又如何？大不了自費總可以吧？！

於是我跟著第二次見面的人走向白色帳篷。

第十一章/突發狀況

大部份的西方發達國家，婚禮（包括婚宴）的費用由女方支出，還有，用餐前會致詞，傳統上由新娘的父親、首席伴郎（the best man，通常大家會期待他說一些調侃新人的玩笑話）和壓軸的新郎致詞。

我和……（老天，我還不知他叫什麼名字）走向靠近新人席的大圓桌。

"你叫Louis?" 我問，因為桌上的名牌上寫著。

"是的，妳今天就暫時充當Cora。"

我看到Louis名牌的旁邊是Cora，而這個混血男人依舊沒問我的名字。

"她是你女友？"

"不是，她是我同事，我們和新郎是一個圈的。"

好個一個圈！

坐下後，服務員問我們喝什麼？Louis答香檳，我答威士忌。

"哇！妳喝這麼烈的？小心喝醉。" 服務員走後，他說。

“慢慢喝，没事的。”

其實我的酒量一般，之所以喝烈酒是想讓自己快速放鬆下來，原因是：

1、這不是我的圈子，我有些膽怯。

2、我不應該坐在宴席上，張冠李戴並不讓我感到舒服。

果然沒一會兒我就如坐針氈，因為同桌的人陸續入座，除了Louis，我一個不識，更別說他們使用的是優雅而高貴的法語，剎那間我變得好低好低……

“妳去哪裏？”Louis問。

“我去補個妝。”我答。

~

Beauté Palace 的洗手間不僅能坐下來補妝，還有化妝棉及香水供應，洗完手甚至有服務員貼心地遞上擦手毛巾。

“ Merci.”我說，同時給了那個穿米色制服的服務員兩個銅板。

她收下小費後，說了一長串法語，害我挺尷尬的，早知道就不給了。

回到座位上，Louis說我更加明艷動人了，顯然這是謊言，我不過是擦個口紅而已。

“咣咣咣……”有人輕敲玻璃杯引起注意，果然喧囂的場面安靜了下來，“ @%¥€$&……”

“他說的什麼？”我壓低聲音問Louis。

“無聊的婚宴開場白。”他壓低聲音回答。

接著又有幾個人輪翻講話，偶爾傳來爆笑聲，讓我更顯孤單，彷彿這歡快的氣氛與我無關。

致詞完畢後，《結婚華爾滋》的音樂響起，新人開始他們的第一支舞。舞罷，新郎護送新娘到她父親那邊，讓他們父女跳一支舞，結束後，賓客們被邀請一起下場跳舞，與此同時，餐點開始供應。由於餐桌上已立著菜單，我因此知道吃的是非常正式的法國菜，前後共13道，依序為冷開胃菜、湯、熱開胃菜、魚、主菜、熱頭盤、冷頭盤、果子露、烤肉色拉、蔬菜、甜品、開胃小菜、甜品等，而更令人驚奇的是第一道冷開胃菜便是姑姑家的魚子醬，它們被裝在底部是冰塊的寬口杯裏，伴隨乾冰的仙氣及閃亮的金製小勺，豪門貴氣立馬顯現。

我不急著吃，而是藉機觀察食用者的反應，無一例外，他們都被這個大手筆驚艷到，但是否合胃口就因人而異了。

"妳好似對魚子醬不感興趣。"Louis問我。

雖然他和同桌的人相談甚歡，但不表示他沒注意到我的一舉一動。

"魚子醬有股腥味，我不是很喜歡。"我答。

"那真可惜，這麼一份起碼兩千。"

這個兩千指的是瑞郎，非人民幣。

我把杯子移向他，請他代勞。

"謝啦！"他用下巴指指，"金勺子妳可以留作紀念。"

可以嗎？

我望向其他賓客，他們果然將使用過後的金勺子一一收起（當然經過餐巾擦拭後才放入包內）。我大喜過望，這麼一根足金金勺，沒有八千也有一萬，沒想到吃頓飯也能大賺一筆，太划算了！

“新郎新娘家真有錢，光魚子醬就花了26萬瑞郎，還不算上金勺子的價格。”我有感而發。

“Landolt家族當然有錢，花巨資辦婚禮並不意外，但要起結婚禮物同樣不客氣，我買了新郎要的皮沙發送過去，妳呢？妳買了什麼？”

“我……我買了燈，水晶吊燈。”

“我不知道Roche Bobois也賣水晶吊燈，”他喃喃道，“對了，妳怎麼知道魚子醬花了26萬瑞郎？”

糟糕！

“因為……因為Chloé告訴我的。”

“嗯……”他皺起眉頭，“就我所知，Chloé是個相當高傲的人，她根本不屑講法語以外的語言，你們是如何溝通的？”

糟糕！糟糕！！太糟糕！！！

我還沒想到合理的謊言，一位女士摀住嘴巴喊了出來，聲音雖不大，但足以吸引現場所有人的目光。

這時，我遍尋不著的Hans不知從哪裏冒了出來，他氣定神閒地對賓客說著我聽不懂的法語。 語罷，那名女士跟著Hans走了。

“她怎麼了？還有，她去哪裏？”

“按照酒店工作人員的說法，那名女士對魚子醬過敏，現在被請去醫務室接受治療。”

Hans被誤認為酒店的工作人員，這也沒什麼，反正同樣是工作，倒是我不知道原來魚子醬也會成為某些人的過敏原。

Louis 解釋魚子醬是發酵食品，含有豐富的蛋白質氨基酸，對於特殊體質的人而言，這無疑會引發過敏症狀。

“那名女士不知道自己對魚子醬過敏嗎？”我好奇一問。

"魚子醬的種類很多，會對白鱘魚子醬過敏的不見得也會對閃光鱘魚子醬過敏，有時只是幸與不幸的機率問題。"

我雖"有幸"沒出現過敏症狀，但卻"不幸"被再度現身的Hans點名到。

"顧小姐，請借一步說話。"他有禮地說。

本來我打算採"不理不睬"的姿態，奈何他又重複說過的話，而且就站在邊上等我。

"他可是對妳說話？"Louis問我。

"我猜……是的。"

"妳姓顧？"

"嗯！"我起身，同時把膝上的餐巾放在座位上，"我現在就過去看看能幫上什麼忙。"

第十二章／房號312

Hans帶我走向312房。

"我以為我們要去探望那名對魚子醬過敏的女士。"我說。

"Mrs.Martin拒絕上醫務室，我們只好上她的房間。"

門打開後，我看到一個截然不同的房間，色調偏黑、白、灰，同時採用棕黃色作為跳躍色。此時陽光透過窗紗灑在棉麻的床品上，那舒適的沙發、灰色條紋的地毯、時尚的抱枕、經典的釣魚燈……在在營造出安靜而愜意的氛圍。

然而在這麼簡潔舒適的環境下，我卻看到一張浮腫且略帶怒氣的臉。

我怯生生地道了聲"Bonjour"（你好），顯然她不好，而且很不好，果然抱怨聲隨即就到。

"她說什麼？"我問Hans。

"她說在這麼重要的場合出糗，讓她見不了人，這完全是我們的過錯，她要求賠償。"

賠償？這也太誇張了！

没錯，她的臉是有些大，但也没大到見不了人的地步，何況她本人最了解自己的身體狀況，我們没辦法保證每位食客都對魚子醬不過敏。

這位女士聽到我"甩鍋"，立馬將捂著嘴的手移開，我因此看到她那腫到外翻的紅唇，有點兒像豐唇手術做失敗，又像被大黃蜂蜇過，反正的確不美觀。

没等我做出反應，她隨即又把絲綢襯衫的鈕扣解了，我因此看到胸口鬆弛的皮膚上有大大小小的疹子，有些已被抓破，顯然過敏讓她發癢，這絕對不好受！

也不知Hans從哪裏拿來了止癢藥水，他遞給我。

"幹嘛？"

"我是男的不方便，妳幫她擦藥，態度擺低一點兒，身體不舒服的人難免氣躁。"

我有些遲疑地走上前去。

" May I ......" 我硬著頭皮問。

她雖臉色不豫，但没有明顯拒絕我，於是我開始幫她擦拭。

由於涉及到隱私部位，我請Hans避一避，當他再度回到房間內，這位女士顯然氣消了（從說話的口吻可以判斷出）。

"她說什麼？"我又問。

"她說基於我們的態度良好，她可以選擇原諒，只要負責明天一早載她回家即可，因為她的司機臨時出狀況，來不了了。"

"她家住哪裏？"

"巴黎，開車大概需時4～5個小時。"

說遠其實也不遠，但如此一來我們便得在此過夜，一晚六、七百瑞郎的房費 ...... 噢不！應該乘以2，我可不想和一個"有點兒熟又不太熟"的男人睡同一間房。

“要不我們幫她叫出租車吧！”我提議。

“聽著，這些人都是我們的潛在客戶，我們得小心侍候，別為了芝麻丟了西瓜。”

我想想也是，雖然法律上我們無責，但和氣生財，把這位女士的毛撫順了，搞不好還能迎來幾個大訂單。

“那好，就按你說的做。”我答。

～

我回到酒店花園的白色帳篷下，Louis正和同桌談笑風生。

“妳去哪裏了？剛剛的鵝肝煎鮮貝很美味，可惜妳錯過了。”

法國菜都是一人一份，錯過了便撤走。

“我對乾貝過敏。”

這是真的，但此時此刻聽起來卻像在置氣。

“有什麼不愉快的事情發生嗎？如果我猜得沒錯，妳應該也是酒店的工作人員。”

我承認是工作人員，但非替酒店工作，第一道的冷開胃菜來自O-One，由我姑姑經營。

“O-One?”他皺了皺眉頭，“莫非Brigitte是妳姑姑？”

“正是，你認識她？”

“不認識，但Cora認識，Brigitte僱她當辨護人，這也是她今日缺席的原因，因為材料蒐集的過程很繁瑣，時間又非常緊迫。”

“時間緊迫？”

“嗯！再過十天就得上法院進行調解，如果調解不成才會起訴，一旦起訴就麻煩了，雙方都勞民傷財，不過對出庭律師而言卻是好的，因為時間拖得越久，賺得越多。”

這麼火燒屁股的事，姑姑竟然没告訴我！

"對方的訴求是什麼？"我問。

"這不是我的案子，我不清楚......哇！辣豬排來了，妳應該嚐嚐這個，淋上洋芫荽葉湯汁的豬大排簡直完美極了。"

我没吃第二道甜品便離席，因為心中有事。

等走出電梯，我才發現上錯樓層，然而為時已晚，電梯門早闔上並往下行，我只能等下一班。

就在等待的同時，我看見一個熟悉的人影從走廊盡頭的房間走出來，如果記得没錯，那是312房。

還好電梯門又打開，我快速躲了進去，並且猛按關門鍵。

"快快快......"我心祈禱著。

" Pardon......"是Hans的聲音。

還好電梯門及時關上，他没看見我的臉。

"太奇怪了，我究竟在怕什麼？"我心想。

當屏幕數字變成5，我步出電梯。

第十三章/第三次見面

我刷了又刷，房卡仍然起不了作用，沒辦法，我只好下到。層（底層）。櫃檯那個漂亮得宛如環球小姐的接待員歉然地表示我的房間使用時間已過，如想再次使用得付費（說的是英語）。

" How much is it for one night ? " 我問。

" 800 Swiss Francs."

什麼？竟然比Hans說的還要貴。

我問起其他房型的價格，她沒有給出答案，反而說：" more, much more."

也許她並沒有惡意，但聽起來很逆耳。

" Give me the most expensive room you have ， please." 我冷冷地說。

雖然我不主張浪費，但該消費時，本人也沒怕過，遇上這麼一個"狗眼看人低"的接待員還是生平頭一遭。

" Certainly." 她遞過來一張入住表格，" Please fill the form."

我回答我累了，想先入住再填寫，直接給她軟釘子碰。

"環球小姐"沒為難我，按鈴招來一位服務員。

那位長得像男星James Franco的人一看又是我，頗為驚訝。

" $#@&%......" 他對我說。

當又聽到討厭的法語（我一定是氣炸了，平常我挺愛聽人說法語，認為這是世界上最美的語言，沒有之一），我立馬用自己的母語炮轟回去："我累了，不想听廢話，趕緊帶路吧！"

大概看我一臉寒霜，他不再言語，直接帶我上第五層。

～

我給了他不菲的小費（比今日稍早Hans給的還要多），他一改陰霾，露出迷人的笑臉。

" Could you give me some Champagne？Please." 任性的事點到為止，我不再使用他聽不懂的普通話，轉而用英語要香檳。

他欲言又止了一會兒，點個頭走了。

人走後，我打量起我的房間，和之前使用的那一間比起來，大了不止兩倍，走的是"溫馨精緻風"，有小碎花牆紙及法式宮廷家具，浴室大到驚人（這是法式酒店的特色），陽台也同樣可觀。

我推開落地窗，已是日落時分，天邊的一隻橘紅色火球懸掛在湖與天的交界，把四周圍照得紅通通的，讓人不禁有"夕陽無限好，只是近黃昏"的感慨。

"扣、扣、"

聽見有人敲門，我前去開門，發現是Hans，我讓他進來。

"聽前台說妳辦入住了。"他說，然後在紡織面料的法式沙發上坐下。

"是的。"我也坐下。

他左顧右盼後，問："這裏幾張床？"

雖然我要的是最貴的房，面積目測也有六十平米，可惜依然只有一張雙人床。

"一張。"我答。

"面湖的套房一晚要價1700瑞郎，尚不含稅。"他面無表情地說。

我知道自己要的是最貴的房，肯定不便宜。

"放心，我會自掏腰包。"我說。

"免了，方才我已打電話向Brigitte請示過，她說由她買單。對了，入住表格我已經代妳填寫，在這裏想吃什麼、想喝什麼，簽個名即可，酒店留有Brigitte的信用卡。"

沒想到姑姑對我這麼慷慨！

"你呢？你住哪裏？"我問，心中祈禱他別回答和我擠一塊兒，即使睡沙發也不行。

"這裏太貴了，Brigitte讓我睡IBIS。"

IBIS是眾所周知的經濟型酒店，姑姑的"差別待遇"讓我有被寵愛的感覺。

"明天幾點走？"我問。

"酒店中午12點前得退房，Sophie和我約了12點半離開。"

Sophie？稍早前Hans還稱呼她Mrs.Martin，如今卻直呼其名，讓人好不習慣。

我心裏粗算了一下，12點半上路，到巴黎已是黃昏，再馬不停蹄地開回蘇黎世，午夜前若能抵達算運氣好。

Hans答那沒辦法，總不能再住酒店，Brigitte已經火燒屁股了……

他的回答讓我想起婚宴上Louis說過的話，如果屬實，姑姑正面臨一場棘手的官司，"破財消災"免不了，我這時若再亂花錢，無異雪上加霜。

"知道了，明天我會準時在大廳等你。"我答。

"扣、扣、"

再度聽見敲門聲，我本想起身應門，Hans的動作比我還快，我樂得當一回主子。

門開了之後，一位服務員推來小車子，上面有一瓶看似昂貴的香檳、兩個高腳杯及一個水晶盆（裏面盛滿碩大無比的草莓）。

奇怪，我沒叫草莓呀！

"看來妳待會兒有客人，"Hans把服務員交給他的賬單轉交給我，"我走了，有事call我。"

我看了一眼賬單，嚇得心跳加速，但仍故作鎮定地簽上名字。

待兩人都離開，我端著金黃色的瓊漿玉液走到陽台，邊欣賞美景邊喝比一般商店貴出很多的香檳，還好滋味不錯，多少減輕一點兒罪惡感。

～

昨晚我沒吃晚餐就上床，一來我喝得酩酊大醉，路已經走不穩；二來那盆草莓是我吃過最好吃的草莓，不僅個頭大，汁水還飽滿，等吃完，我已經沒有想吃任何東西的慾望；三年此行已花掉太多錢，不想再給姑姑添麻煩。

今早一睜開眼睛，當看到一室的光亮，心裏很是歡喜。我赤腳跑向陽台，眼前盡是湖光山色，好不宜人！

"早安，洛桑！"我對著戶外的山清水秀大喊，甭管他人投來奇異的目光，我一意孤行。

發洩完畢，我回房晨浴。洗完澡，剛好飢腸轆轆，我打到餐飲部叫餐，Pardon 了好幾次才弄明白，原來一晚 1700 瑞郎的房價包含早餐，如果叫人送餐，另外收費。

想到已經花了巨資在房費上（就別提那一時興起叫的香檳及沒叫的草莓），我不該再將錢打水漂，不是嗎？

於是我取消了送餐服務，下到 0 層的咖啡廳吃早餐。

這是我看過最國際化的早餐樣式，想吃瑞士早餐的，有什錦麥片、黃乳酪；想吃法式早餐的，有羊角包、杏乾；想吃北歐早餐的，有開口三明治、莓類漿果；想吃英式早餐的，有烤番茄、焗豆、扒蘑菇、香腸；想吃日式早餐的，有味噌湯、烤三文魚、醃菜、米飯；想吃西班牙早餐的，有西班牙油條、熱可可……眾多選擇中，偏偏沒有我想吃的中式早餐（燒餅、油條、包子、豆漿等），豈不怪哉？明明華人的總人口數佔全世界約 1/4，如此偏心眼，讓人忍不住想吐嘈！

我邊吃硬梆梆的日式米飯加醃菜邊懷念起母親熬的白米粥，那綿稠的口感，千金難買……

"早，没想到在這裏遇見妳。"鄉音再現。

我抬頭一看，是那個混血兒。

"真巧！昨晚睡得好嗎？"我問。

"很好……看樣子妳也是一個人，不介意我坐下吧？"

"當然不介意，請坐！"我答。

第十四章／分道揚鑣

他一坐下，服務員問他想喝什麼？他答川寧早餐茶，另外又要了英式早餐。

"你住英國哪裏？"我問。

"我住的地方比較特別，靠近公墓。"

"I'm sorry."

Louis 笑了，問我為什麼要感到遺憾？

為什麼？通常只有經濟窘迫的人才會被迫住在荒郊野外且陰風慘慘的區域，不是嗎？

他笑不可仰，好不容易才克制住。

"是的，事務律師的收入非常一般，充其量只能算助手。"

"別難過，等你當上大律師，一切都會否極泰來。"

這回他用餐巾搗住嘴，笑得眼淚都出來了。

"這很不禮貌，"我沉下臉來，"你能告訴我為什麼發笑嗎？"

"Sorry." 他用餐巾拭去眼角的淚水，"我失態了，平常我挺會克制自己，今天......算了，我們談談別的話題......妳叫什麼名字？"

第三次見面，他終於想起要問我的名字。

"宛宛，顧宛宛。"

他問我可有英文名？我答沒有，就是宛宛，顧宛宛。

"You're cute." 他說。

為什麼？只因我沒有英文名？

他答不是，而是我的個性可愛，和他認識的女生很不一樣。

這勾起我的好奇心，忙問他認識的女生都哪樣？

"很直接，彼此講話在同一個頻道上，這有好有壞，好處是不用費心去猜；壞處是少了那麼點兒神秘感。"

"你的意思是我很神秘？"

"當然，像蒙上一層黑色面紗。"

我表示他誤會了，我不過是一個很普通的人，一點兒也不神秘。

"那麼可以問妳一個問題嗎？"

"你問。"

"妳有男朋友嗎？"

"......有。"

他問我為什麼不爽快回答？

我又停頓了幾秒鐘，才答："無可奉告。"

來蘇黎世不到一個禮拜，父母就分別給我洗腦，不外青年才俊都在海外，不妨睜大眼睛尋找，別為了一棵樹放棄整座森林……

這是老生常談，通常我會左耳進右耳出，如果不是前天下午與秦平的一番談話，我恐怕還會一如既往地對這份感情忠心不二。

“對於下週的考試，我挺有信心的。”他說。

“那好，祝你旗開得勝！”

“再告訴妳一個好消息，我農村的家在拆遷名單上，我父母的意思是讓我們在北京買個房，錢不多，算是首付。”

我答不用了，我家很寬敞，多一個人無妨。

“多一個人？妳該不會讓我當上門女婿吧？我父母肯定不會同意，而且房子拆遷後，他們也需要有住的地方……”

“那好，他們買房自己住，我們……如果你不願和我父母同住，我們另外買房。”

“這多麻煩？再說我姐力氣大著呢！兩老有時力不從心，我們若在家，也能搭把手。”

秦平曾邀我上他家，由於事先打過預防針，所以看到有些破敗的四合院時，我倒沒什麼抵觸心理，反倒他的姐姐秦合讓我膽戰心驚，一上來就抓我頭髮，後來雖然被“拿下”，也花了好一番功夫。我難以想像往後的日子裏我得跟這麼一號人物相處，以後若有孩子，難道讓他跟著智障姑姑在同一個屋簷下生活？

“我看這件事得從長計議。”我說。

“沒時間了，我父母的意思是拿到拆遷款就上妳家提親，畢竟我們也處了四年，這放在我老家，孩子都能翻身了。”

“我……我……想一想……掛了吧！我不想影響你睡覺，畢竟你還得準備考試。”

"那好，我掛了，愛妳！"

"......愛你！"

這是第一次我感覺如此難以言愛。

所以當Louis問起我有沒有男朋友時，我遲疑了一下，這個反應連我自己都感覺訝異，莫非我對秦平的心已經開始動搖？

吃完早餐，我逛了一下酒店附設的購物商店，發現價錢不是普通的貴，一束紅玫瑰就要200瑞郎，可以買我昨晚的那盆草莓了（這麼一比，紅玫瑰好像也沒那麼貴，不是嗎？）

由於没什麼行李好打包，我決定躺在湖邊曬太陽，讓大自然洗滌我那顆煩躁不安的心。

等做完日光浴，時間也到了。我匆忙回房間拿上隨身物，再下樓辦理退房，當看到排隊人群中有Hans，我感到吃驚，他不是住IBIS嗎？

等他辦理完畢，看到排在隊伍當中的我，很感意外。

"妳是VIP客人，不用排隊。"他說，然後要走我的房卡。

既然有人代勞，我樂得在大廳坐下。**同一時間裏，我發現了一張熟面孔。**

" Nice flowers, Mrs. Martin." 我說。

如果我猜得没錯，她手中的那束紅玫瑰正是幾小時前我在酒店商店看到的，兩百瑞郎一束。

馬丁太太回覆我優美的法語，看她臉色亮得發光，可見這個送花人不一般。還有，當過敏症狀消退後，她的真實面容重現，雖然年紀有點兒，身材也橫向發展，但不失為美女一枚，就像西方古畫裏走出來的仕女般，表現出一種太平盛世的美好。

" Bonjour, Mme Martin." 不請自來的Louis彎腰對馬丁太太行貼面禮。

接下來便是法語時間，雙方你來我往。雖然我挺享受聽他倆講法語，但這不包括被人指指點點。

"怎麼了？"我問Louis。

"馬丁太太說待會兒妳會跟著一起去巴黎。"

我承認確有其事。

"如果不介意，我可以載妳回蘇黎世，反正順路。"

我想起那個骨灰盒子，這是他的預定行程。

"你確定可以？"

"當然，我樂得路上有人陪我說說話。"

當Hans知道有人護送我回家，他的高興溢於言表。

"太好了，如此一來，妳也不用舟車勞累了。"他說。

我是不用舟車勞累，但卻苦了他。

"我看送完馬丁太太，你找家酒店住下，明早再返回蘇黎世吧！住宿費由我負責讓姑姑替你報銷。"

"那麼恭敬不如從命，"Hans對我頷首，"謝謝妳，顧小姐。"

於是我們互道再見，然後往兩輛不同的車子走去。

第十五章/消失的Annett

Louis 帶我走向一輛老款的墨綠色車子，如果不是上面的瑪莎拉蒂Logo 及被擦得雪亮的車身，我恐怕要以為這是一輛等待被肢解的N手車。

"這輛車很特別！"上車後，我婉轉地說。

"當然特別，它的年紀比我父母還大。"

"你租的？"

"不是，朋友的。"

我心想他的朋友也太小氣了，就借他這麼一輛破車（雖然車子看起來保養得不錯）。

"從長期看，買舊車不如買新車，"我忍不住發表高見，"尤其這麼一輛老爺車，它的零件很可能都停產了。換言之，維修起來很麻煩，費用也高。"

Louis 默默拿出一把看起來有些年代的車鑰匙，插入後發動起來，光聽引擎聲就不一樣，吵雜得很。

他邊把車開出停車場邊解說："瑪莎拉蒂是以賽道發動機與賽道改裝起家，但真正打造出賽道跑車卻少之又少。這輛Tipo 61 Birdcage算是其中的經典，它搭載了一台直列4缸發動機，擁有250馬力的最大輸出功率，變速箱則採用5速手動。"

雖然我也會開車，但對車子的機件完全沒研究，什麼幾缸、幾馬力、變速不變速……在我聽來彷彿天方夜譚。

"這些聽起來……很有意思，我猜這輛車應該不貴，畢竟都這麼老了。"

"嗯……事實上有點兒貴，它算是古董車市場裏的搶手貨，雖然價格上有浮動，但三百萬美元大概跑不了。"

三百萬美元？有點兒貴？我問他是不是開玩笑？

他笑笑沒回答，所以我也不清楚自己是否被糊弄了。

車子上了E23路，沿途不外藍天及綠地，偶爾還能見到低頭吃草的牛羊，除此之外就是一條高低起伏兼蜿蜒曲折的公路，如果身邊少了說話的人，真的挺寂寞的。

"現在只要沿著E23、E25、A1往前開，再接三號公路東行就能到蘇黎世。"他說。

Louis忘了昨天我也是沿著同一條路從蘇黎世來到洛桑，現在只不過是重複前一天走過的路而已。

"如果從洛桑開車到巴黎，是否也這麼清晰明了？"我問。

"複雜多了，所以一般人會採坐火車的方式，大約三個多小時就能到；開車反倒費時，得五個多小時才能到。"

"這麼說讓Hans找家酒店住下是明智的。"我喃喃道。

Louis答他猜想Sophie會留Hans住下，尤其她家……挺大的。

Sophie？馬丁太太？

"希望馬丁先生不反對。"我說。

“他當然不反對，也無從反對起，因為他已經作古很久了。”

我想起不久前馬丁太太懷裏的紅玫瑰，又想起昨日下午因上錯樓層，發現Hans從312房走出來的身影，心中感到隱隱的不安。

車子進入蘇黎世老城區，兜兜轉轉後上了Bahnhofbrucke橋，再沿著Limmatquai往南行。

“如果讓我選，我也會選擇在尼德道爾夫居住，這一片算是老城區裏最典雅的部份。”Louis說。

“環境是不錯，就是房子老了點兒。喏！前面那棟灰藍色的便是我姑姑的住所。”

“我喜歡老房，我家便是，估計比妳姑姑家還老。”

我想起Louis的家靠近公墓，加上他說住的是老房，我的腦海裏開始勾勒出一棟搖搖欲墜的破房子，當夜幕降臨，陰森恐怖的氣息便直撲而上。

“你不怕嗎？”我問。

“怕什麼？”

“怕房子有鬼。”

“鬼？”他哈哈大笑，“宛宛，妳是我見過最有趣的女人。”

我被他笑得很不自在，有這樣的疑問不是很正常嗎？

“到了。”他把車停下，“這裏只能暫停三分鐘。”

本來我還想說些別離的話，甚至互留手機號碼，但他一說有時間限制，我反倒開不了口（即使三分鐘在我看來很充裕）。

“那麼……謝謝你，再見！”我說。

"再見！"

我一下車，他馬上腳踩油門揚長而去。

他的"迅速反應"讓我很受傷，原來自己在"另一個男人"眼中如此平凡，平凡到不想再和我有任何聯繫。

～

忘了Hans的叮囑，我又讓電梯的彈簧門"響徹雲霄"。

"該死！"我咒罵一句。

還好步出電梯後，我沒忘了把內門及外門都闔上（不想讓Annett再有指責我的機會）。

沒想到這個機會真的沒有了。

"顧小姐，妳回來了，累了吧？要茶還是咖啡？"開門的是老余，姑姑剛僱用不久的司機。

我回答茶，他把我手裏的行李接了過去。

"Annett呢？"我問。

"她……沒來。"

"沒來？生病了嗎？"

"妳還是問妳姑姑吧！"

我進到客廳，迎接我的是一張毫無城府的笑臉。

"宛宛回來了，"她向我伸手，"就等著妳回家。"

我握住她的手坐下，心中感慨萬千（姑姑的手很粗糙，還有手繭，可見不是養尊處優之人，她現在擁有的一切都是她打拼出來的）。

"這次的……商旅有點兒小事故發生，不過被Hans成功化解了。噢！對了，他為了送客人回家，現在正在往巴黎的路上，我答應幫他爭取今晚的住宿費。"

"只要為公，我向來不小氣，包括他提議給客人買束花，我也同意了，三百瑞郎，夠貴的了。"

原來紅玫瑰是Hans送的，等等……三百？我明明看到標價兩百，難道自己眼花了？

"那個……我花了1700瑞郎的住宿費，還叫了東西吃……對不起……下次會節省一點兒。"

"没事，花在妳身上，我樂意！倒是Hans昨晚花了同樣價錢的住宿費，我挺不開心的。雖然他幫了我不少忙，但我可没義務付高昂的房費，何況洛桑又不是没有經濟型酒店。"

現在我知道為什麼Hans也在Beauté Palace的櫃檯辦理退房了。

"這可不妥，"我很不悅，"希望今晚他没選擇希爾頓酒店或者香格里拉酒店入住，否則又是一大筆支出。"

"這倒没有，一個鐘頭前他給我發來短信，原來那個法國女人邀請他住在她家，Hans認為這是紅玫瑰起到的作用。"

果然如同Louis猜測的一樣。

"茶來了，"老余現身，"是烏龍茶，我從華人超市買來的。"

他不說，我已聞到茶香，不是一般西方茶能比擬的。

"謝謝你，老余。"姑姑喝上一口茶，"晚上吃什麼？"

"魚和青菜，都是少油少鹽，而且不加糖。顧小姐的部份我會另外做，放心，絕對可口。"

"那好，辛苦了！"

老余退下後，我問起Annett。

"我讓她在家好好練練廚藝再回來。"姑姑冷漠地答。

第十六章/和諧人生

瑞士的年平均溫度只有8.6度C，可見是個寒帶國家，還好我來的時間點剛入夏，白天大概一件長袖襯衫可打發，早晚再加件薄外套即可，好比現在，太陽還没下山，我穿的是寶藍色醋酸面料長袖上衣，搭配同款小西褲，胸前掛著一個簡約造型的金色吊墜，手裏挽著三宅一生的銀灰色皺摺包，腳踩Jimmy Choo的黑色素面高跟鞋。

"妳的打扮很恰到好處，禮服呢？"

我已經進屋好一會兒，姑姑這才留意起我的穿著。

"行李已經交給老余了，不知他擱在哪裏。"

這麼一答，我突然想起重要的事，忙問姑姑的意思是不是從此由老余接下Annett的工作？

"是的，他反正没事。"

"他有没有事不是重點，問題是兩個女人的家裏進來一個外人，還是個男的，這有多彆扭？"

姑姑答老余的老婆去世兩年多，死之前還癱瘓好幾年，換言之，家務活一向由他包辦，我大可放心。

顯然姑姑並不了解我的擔憂，我只好直言人心隔肚皮，何況姑姑與老余剛認識不久，所以……還是另外找人吧！

"另外找？"姑姑揚起聲，"蘇黎世的華人寧願到餐廳端盤子也不願到人家家裏當家務員。如果僱用當地人，難保不是拙於煮飯、脾氣又大。"

脾氣大？我問Annett怎麼了？

"那女人一聽說自己被炒，立馬表示要向公會提出仲裁，因為她自認無過失。"

我想起姑姑那即將到來的官司，若再加上這一椿，豈不雪上加霜？

"怎麼辦？"我憂心忡忡地問。

"不用擔心，以我對Annett的了解，她只是發洩情緒而已，現在大概準備去下一位僱主家，沒空搭理我，不過……"

"不過什麼？"

"家務員的圈子小，估計Schneider家已經上了黑名單。"

什麼？！這如何是好？尤其姑姑的糖尿病加重，已經到了坐輪椅的地步，我一旦離開，她和老余若鬧起矛盾，豈不叫天天不應、叫地地不靈？

姑姑胸有成竹地表示即使鬧矛盾，老余也不會捨她而去，何況我不會離開，因為O-One還得靠我經營下去……

我邊喝烏龍茶邊想著該如何戳破姑姑的"美夢"，一來我拿的是申根簽證，有效期只有三個月；二來我對如何經營魚子醬公司毫無概念也缺乏興趣；三來秦平已主動幫我把考試延至今年的12月份，而我想入職四大會計師事務所的心意沒變。

當我把以上三項"可能無法久留此處"的理由告訴姑姑時，她給出三個答案：

·　·　·

1、她已經幫我申請依親簽證，放心，律師會辦妥一切，不勞我費心。

2、興趣也可培養，想當年她連聞到魚子的氣味都能嘔吐不止，現在不也適應得很好？

3、四大會計師事務所無非做會計的工作，**O-One**的會計工作還會少嗎？正好交給我處理，没有什麼比用自己人更加令她放心的了。

老天！我的困境就這麼被姑姑四兩撥千金地給"和諧"了。

山不轉路轉，我立刻又給出"困境加強版"：

1、依親簽證只能居住不能工作，既然不能工作，**O-One**的事務我愛莫能助。

2、如果有幸入職四大會計師事務所，前景非常可觀，百萬年薪不是夢，一般的家族企業恐怕給不起這個價碼。

3、我已經有個談婚論嫁的男友，他正等著我回去。

別看姑姑是個外表柔弱的中年人，但思維敏捷，彷彿身懷絕技的武林高手，一出手，立馬殺我於無形。

喏！聽聽她的答覆：

1、依親簽證辦完，緊接著辦理收養手續，目的是讓我拿到瑞士護照。如此一來，工作權的問題便解決了。另外，在得到合法工作權前，暫由**Hans**當我的導師，姑姑也會時刻給予意見。

2、O-One也許給不了我四大會計師事務所的百萬（人民幣）年薪，但它的估值超過上億瑞郎，哪天我不想幹了，分分鐘能成為"小富人"一枚。

3、秦平只是我男友，只要沒扯證，一切都是浮雲。

聽完，我連吞好幾口口水。秦平的事暫且不談，一個上億資產的公司老闆娘居然住在市區的老公寓內？果然歐洲的富人們如同傳說中的低調。還有，姑姑為什麼要收養我？我父母肯定不會同意！

沒想到在姑姑口中，那對把我視同天上星辰般珍貴且稀缺的父母很快便答應下來，搞得我很不是滋味。

此時老余出現了，身上的粉紅色圍裙很扎眼。

"余叔叔，那是Annett的圍裙，快脫下來，明天我上商場給你買件男用的。"

"不用麻煩，我已經買了，只是忘了帶過來。"他轉向姑姑，"晚餐準備好了，現在用餐嗎？"

"好的，"姑姑望向我，"宛宛一起來？"

"嗯！"我用力點一下頭。

第十七章/吃裏扒外

和傳統中國家庭的大魚大肉兼幾菜一湯不一樣，Schneider家的桌面上很冷清，就兩個大盤子外加兩杯飲料，食物看起來倒是比Annett"在任"時有食慾多了。

"哇！連蔥燒魚塊也做得出來，余叔叔你好了不起呀！"我把眼睛笑成彎月型，因為來瑞士四天了，終於吃上家鄉菜。

老余說還好蘇黎世有華人超市，否則做起中國菜來，那簡直是場災難。還有，雖然姑姑的菜好料理，無非少油、少鹽、少糖，烹調方式也以清蒸及水煮居多，但我的部份不一樣，為了做出正宗的口感，他特地從他家院子拔了大蔥帶過來，因為瑞士的大蔥無蔥味，純粹拿它當裝飾用，譬如在烤物上撒點兒以增加美觀性，但嚐起來一言難盡。

對於十指不沾陽春水的我而言，小蔥、大蔥、香蔥沒什麼區別，遑論有沒有蔥味。

"余叔叔，我的嘴不挑，就算以薑代蔥，只要好吃即可。"我答。

姑姑樂呵呵地笑道："還說嘴不挑，真正不挑的人，就算難吃也吃得津津有味。"

聽姑姑這麼一說，的確，我還真沒吃過難吃的，若有，我也不會委屈自己嚥下去，而是另外叫別的吃或索性換家餐館。

"顧小姐的意思其實我懂，無非讓我別大費周章。"老余說。

"是的，我就是這個意思。"

"妳真善解人意，跟年輕時的Brigitte很像……"

"老余，"姑姑插嘴，表情嚴肅，"你太多話了。"

那男人臉上的笑意還未散去，被姑姑一盆冷水潑下來，顯得有些狼狽，我忙將話岔開。

"余叔叔，你家離這裏遠嗎？"我問。

"很近，走路不到十分鐘，哪天妳可以上我家。"

"宛宛哪裏也不去，"姑姑再次插嘴，表情更加嚴肅，"她在這裏陪我。"

"是，是的……時間晚了，家裏的貓還等著我餵，妳們慢用。"

老余走了，雖然看起來沒有不悅，但難保心裏不堵得慌。

我一邊吃著可口的飯菜，一邊想著該如何"點醒"姑姑，好讓她明白如果趕走老余，她想再次請人很困難，尤其余叔叔並沒有說錯話。

"老余……"、"余叔叔……"，我們同時開口，我讓姑姑先說。

她清了清喉嚨，像要開啟一個冗長的故事。

"老余……當老余還不老時，我們就已經認識，並且發展到談婚論嫁的程度，可是有一天他突然對我說為了能永遠留在德國，他決定跟有德國國籍的華裔結婚，當時我的心都碎了。再次相遇是他主動找的我，因為妳姑丈突然去逝，遺產糾紛上了報紙頭條，他通過報導知道我是O-One的老闆娘，再經過蹲點，知道我住哪裏，重逢的場面……哎！說來話長。不管如何，我後來僱用了他，但每每想到他曾有過的背叛，我怎麼可能給他好臉色看？”

原來如此！難怪老余提起“年輕時”的姑姑……

“既然心有芥蒂，何不另外找人？”我問。

“因為他的態度良好，而且表明是為了贖罪而來，我也想藉機考驗他，看他是否真的認錯。”

有句話“愛的相反不是恨，而是不在乎”，從姑姑的反應來看，我認為她對余叔叔還是有感情的，當時有多愛，現在就有多恨。我驟然明白她為什麼老潑那個男人冷水，因為內心還有怨氣，意難平呀！

“余叔叔現在……單身，姑姑也……單身，也許……”

“没有也許，當初他棄我而去，還讓我失去這世上最珍貴的東西。我恨他，到死也恨，就算他投胎換骨活成另外一個人的樣子也無濟於事，我跟他是絕對不可能的！”她停頓了一下，“妳別往那個方向想，這對即將到來的官司有害無利，當前最重要的是打贏官司。”

剛開始，我以為姑姑鐵了心不與背叛過她的男人有任何僱傭以外的關係，聽到後來，我又犯迷糊了，這話說得不清不楚，予人想像的空間。

“余叔叔有孩子嗎？”

這尋常的一句問話卻讓姑姑紅了眼眶，她哽咽地答：“有，兩個，都是女孩，一個就讀巴塞爾大學。”

“另一個呢？”

“另一個……”姑姑看著我，似有千言萬語，“死了。”

“死了？没想到余叔叔這麼可憐。”

“有什麼好可憐？”姑姑冷哼一聲，“他連自己當了父親都不知道！”

﹋

姑姑給了我名片，交待我跟她的律師談談官司的進展。

我看了一眼名片，雖然寫的德文，但名字是Cora，和Louis說的吻合。

"怎麼辦？我不會說德語。"

"放心，這裏的人大部份會英、德、法三種語言，聽說她的同事中甚至有會說普通話的，於是我便把辦理依親簽證及收養手續的事交給那位據說普通話六級的事務律師，畢竟這件事牽扯到瑞、中兩國。"

會說普通話的事務律師……難道指的是Louis？

姑姑答她也不清楚，是Cora推薦的，約了明天上事務所見面。

"我也去嗎？"

"不用，妳去見Cora，就在同一棟樓裏，只是不同的辦公間。"

如果我記得沒錯，Louis在倫敦工作，難道我們說的不是同一人？

"見過律師後還有別的安排嗎？"我問。

"有。我上醫院做血檢，妳到店裏轉轉，查查Hans有沒有做吃裏扒外的事。"

由於姑姑一臉正經，我也無從判斷她是否在開玩笑。

"如果有呢？"我忍不住問。

"如果有，我立馬取消他的工作簽證。"姑姑答。

第十八章/高傲王子

秦平發起視頻通話請求時，我正和姑姑喝茶，想著待會兒談完話就給他回電，沒想到茶喝完了緊接著吃晚餐，等我回到房間，北京已經過了午夜。

"秦平有重要考試，還是別吵醒他，讓他睡個好覺。"我心想。

沒想到我這廂體貼入微，他那廂卻全然沒有將心比心。

"喂！"我意識茫然地接聽。

"為什麼不和我通話？"

我睜開惺忪的雙眼望向床頭櫃上的小鐘，凌晨兩點多。

"平，我睏死了，能不能睡醒再談？"

"妳是不是不愛我了？"

"什麼？！"我停頓了一下，想確認自己不是在做夢，"這跟愛不愛有什麼關係？三更半夜的，你也不怕我睡眠不足？"

"……對不起，妳睡吧！我不吵妳。"

掛上電話，我很快入睡。夢裏，我回到了大學食堂，我點了秦平最愛的牛肉麵，他點了我喜歡的韓式拌飯，然後我們互相餵對方吃東西。我很快就飽了，秦平一如既往地把剩下的食物全掃進他的肚裏去，徹底實踐"光盤"行動。

～

我被一股肉香給喚醒，剎那間，我以為回到北京的家，阿姨正給我煎肉餅當早餐。

"余叔叔早！"我走進廚房，和正在忙活的老余打招呼。

"早！昨晚睡得好嗎？"

"還不錯，除了半夜被吵醒外。"

"是打錯電話的嗎？"

我本來想告訴他是男友的來電，但又怕交淺言深，所以只是"嗯"了一聲，含糊帶過去，誰知老余卻上崗上線，要我睡前將手機調成靜音，因為好睡眠對個人健康很重要。

雖然心中嫌他囉嗦，但我還是柔順地答應了，然而他依舊糾著這個話題不放。

"妳姑姑的睡眠不好，連手錶的滴答聲都能讓她反側難眠，所以睡前她會把腕錶取下，用布包好再塞進抽屜裏。"

"你怎麼知道？"

老余語塞，支支吾吾了半天，我才猛然想起余叔叔是姑姑的舊情人，兩人還曾有過一個孩子，這麼隱秘的事肯定知道。

"好久沒吃牛肉餡餅了，是你親手做的嗎？"我岔開話題。

"當然，蘇黎世的中餐廳雖不少，但還沒有一家賣牛肉餡餅的，剛好讓妳嚐嚐老余家的絕活。"

"還有老余家的大葱。"我補上一句。

他想了一下，笑開了，答：" 没錯，老余家的大蔥絕無僅有。"

～

吃完肉香四溢的牛肉餡餅，老余載我和姑姑上律師事務所，就在河對岸，離班霍夫大街不遠。

我很快便在辦公樓底層發現Caesar Chance 事務所的名牌。

" 宛宛，待會兒妳在三層下，我到四層找……老天！我也不知找誰。"

老余要姑姑不用擔心，向前台報上Brigitte的名字即可。

" 没錯，妳是付錢的人，他們巴結妳還來不及呢！" 我開著玩笑。

然後我們一同進入電梯。

～

Cora是個身材高挑的金髮女郎，笑容很甜美，但又不是無腦的那一款，算柔中帶剛吧！

她請我入座，打發完助理的問話（要茶還是咖啡？）後，她問我Brigitte 可好？又問我需不需要普通話翻譯？一小時兩百（當然是瑞郎）。

我答想試試自己的英語溝通能力，只要她有足夠的耐心。

" Of course I do, but you do know I charge by the hour, don't you?"

雖然錢對我來說向來是小事，但一聽說請翻譯要錢，而我如果把會面的時間拉長（因為自己的英語不流利）一樣要多收費，心中不免有些鬱悶。

" All right. Can we start now?" 我催促趕緊進行談話。

79

這場會面花了 1 小時 15 分鐘，我不知道Cora是不是收兩個小時的費用？如果是，那姑姑實在太虧了。

走出會議室（和律師談話不在個別的辦公間，而在公用的會議室，這和想像的不同），Cora要我放心，她會盡力幫我們母女倆爭取最大的利益。

" Well，Brigitte isn't my mother. She's my aunt."

Cora對我的身份更正一臉狐疑，我才想起姑姑不是計劃要收養我嗎？那麼也算是法律意義上的母女關係。

" Sorry, my mistake. She's my mother."

聽完，Cora鬆了一口氣，同時表示理解，畢竟不同的語言容易帶來誤解。

我下到0層，電梯門一打開，我便看到了老余。

"余叔叔，我姑姑呢？"我問。

"她還在和律師談話，但我已經收到她的短信，她要我陪妳走回店裏，因為那裏不好停車。放心，幾分鐘的路程而已。"

"你一直都在大廳等嗎？"

"是的，送Brigitte上四樓會議室後，她便趕我走。"

我問接待姑姑的人是男還是女？

"男的，一臉傲氣，彷彿自己是王公貴族。"

我笑了，問那位王子是不是混血兒長相？

"有點兒，壞在眼睛洩露了秘密，如果不是單眼皮兼狹長的眼型，估計看不出是個混血兒......對了，妳怎麼知道那人是混血兒？你倆認識？"

於是我把飛機上的偶遇及後來陰錯陽差的數次見面告訴他。

"好奇妙的緣份呀！希望這是段良緣。"

我問他為什麼這麼說？他答年輕時他曾錯過一個好女孩，轉而選擇另一個讓他少奮鬥的人，無奈這是段孽緣，他也付出了代價，終於才明白人和人之間是講緣份的，強求不來。

"余叔叔，你誤會了，我已經有男友，和混血王子是不可能的，因為他對我不來電。"

"那正好，我挺不喜歡高傲王子。走，我陪妳走到班霍夫大街。"

於是我們推門而出。

第十九章/出師未捷

依舊是那間寬約六米的店面。

"好幾次我經過這家店，但一直不敢進，因為……妳知道的，口袋裏若沒有萬把塊錢，我怕被店員嫌棄。"

老余說完，正打算推開那扇深褐色大門，被我給阻止了，我示意他跟我走到街道轉角處。

"妳的意思是要我給店員找麻煩？"

"是的，你假扮鄉巴佬，看她們做何反應。"

老余問為什麼？我答我有預感那兩個洋女人會"狗眼看人低"，這不是待客之道。

"萬一遇上Hans呢？他和我有數面之緣。"

"放心，除非他天剛亮就從巴黎啟程返回，否則現在應該還在路上。"

"行，為了顧小姐，我兩肋插刀在所不辭……對了，忘了告訴妳，大學時我可是話劇社社長，所以演戲對我來說小菜一碟。"

“那麼麻煩你了，”我對他鞠了個躬，“我在對過那家咖啡館等你。”

～

老余進咖啡館找我時，我叫的咖啡和薄餅還未送到。

“已經中午了，余叔叔想吃什麼？”我問

“不吃了，說完話我就走，妳姑姑還在等我呢！”

接下來我聽到的故事如同我猜測的一樣，那兩位店員果然勢利，對老余這位沒見過世面的顧客愛理不理。

“確切地說是冷暴力，冷到能在地板下摳出一個兩室一廳，但當別的顧客出現時，她們又是另一副臉孔。”老余追加了幾句。

我沉默一會兒後，回答知道了，我會處理的。

“那麼我去接Brigitte了，”他起身，“去晚了她又有話說。”

“放心，我會轉告姑姑別責怪你。”

“顧小姐，這萬萬使不得，請什麼話都別說，保持沈默就好。”

看老余誠惶誠恐的樣子，我心中感慨萬千，他簡直把姑姑當成了老佛爺。

吃完薄餅、喝完咖啡，我剛好也整理好思緒。

“是時候教訓那兩位勢利小人！”我心想。

第一次進入 O-One 魚子醬專門店時，我是由Hans帶著，雖然沒被正式介紹，但兩位店員對我客客氣氣的，只是那種客氣稍嫌生份。

今日我一現身，冰雪女王立刻堆起笑臉；反觀我，卻是一副興師問罪的高姿態。

挑剔完這個和那個，我把勢利二人組分別叫到店後的小辦公室訓話（店前總得留個人好服務客人）。當我闡述自己的服務理念時，那兩人似乎說好了"以不變應萬變"，就是那種既不反對也不支持的模棱兩可態度。

" Understood?" 我問。

" Yes, Madam."

既然她們二位已做到臣服（至少表面上是），我也有大度量不予計較，可是當我要求看銷售報告時，那兩人竟然主次不分（Freja表示必須得到Hans的同意才給看，即使"真正"的老闆娘來了也一樣，Gaby 稍後也回覆同樣的答案）。

就因為"真正"二字的使用，讓我憋了一肚子火。O-One的擁有者是 Brigitte，不是Hans，他們二位的反應正巧應驗了那句話："老虎不在山，猴子成大王。"

我在法式圓桌前坐下，喝完兩杯紅茶後，發現那兩位冰山美人依然對客人很高冷，我不得不接受自己尚無實權的事實，正準備打道回府時，Hans回來了。

" 你終於回來了。"我冷冷地說。

" 是的，還帶回來一個大訂單。"

" 是嗎？"我故作鎮定，" 有多大？"

我因此知道馬丁太太的六十歲大壽將至，她打算好好奢侈一下，預算是二十萬歐元。Hans推薦開魚子醬派對，由O-One負責一條龍服務。

" 我不知道O-One的業務這麼廣，連派對活動也包辦了。"

" 妳不知道？"Hans皺了皺眉頭，" 怎麼Brigitte說由妳負責？"

由我負責？我太驚訝了，忙問是什麼時候的事？

" 昨晚。我一拿到口頭訂單就聯繫老闆娘，得到她的首肯才簽的約。"

既然是姑姑決定的，我也不好說什麼。

"派對何時舉行？地點在哪裏？"我接著問。

"在巴黎近郊的葡萄酒莊園，時間訂在兩個月之後，"他停頓了一下，"希望在那之前，O-One的官司調解結果能皆大歡喜，否則我就慘了，Sophie那裏我没法兒交待。"

他不說，我差點兒忘了姑姑官司纏身。

"對了，剛剛我要求看銷售報告，那兩位……"我望向站在櫃檯前待命的洋人，"表示得經過你的批准。"

"呵呵！什麼批准？我不過是個打工仔，小老闆想看銷售報告天經地義，不過能不能給我兩天的時間整理一下？我剛從巴黎趕回來，身心俱疲，Sophie答應讓我休息一天，我是基於責任心，回家前特意彎到這裏查看。"

既然是姑姑決定的，我"再度"不好說什麼。

"行，兩天就兩天。你不在的時候，我剛好接替你的工作。"

Hans欲言又止，最後還是把話吞下去，說完"Good Luck!"後，他回家休息去。

我重新回到法式圓桌喝我的第三杯紅茶，直到兩個女學生模樣的華人推門進來。

第二十章/箭靶子

"哇！這家店是賣什麼的？好高級的樣子。"剪波波頭的女生興奮地說。

"會不會是冰淇淋店？妳看！那裏有個冷藏櫃。"穿牛仔短褲的女生答。

然後她們兩人走到櫃檯前指指點點，時不時笑得花枝亂顫，好像没注意到店員的臉色越來越難看。如果我猜得没錯，此刻Freja和Gaby的心裏正在罵娘，如果給她們人手一把掃把，大概分分鐘能將來客掃地出門。

" Excuse me. What are these?" 波波頭不懂察言觀色，依舊指著展示櫃裏的東西問。

Freja 冷冷地答那是很貴的高級品，非常非常的貴，只有特殊人群才吃得起……

也許咱們女同胞的英語聽力不行，一時没反應過來，但我不一樣，不能任由自己的店員明目張膽地欺負客人。

"這些是魚子醬，"我走上前去，同時支開那兩個勢利女人，"也就是魚卵，一般來說需要等待很多年才吃得上。"

"魚卵？嘖嘖嘖！有人愛吃這個？想想就好噁心。" 波波頭說。

我同意，有人愛吃，有人不愛吃，所謂"青菜蘿蔔各有所愛"嘛！

然後波波頭問我這玩意兒能不能試吃？牛仔短褲緊接著說她也要。

我陷入兩難。記得幾天前的第一次試吃，我把100歐元給吃沒了，眼前可是兩個人，也就是兩百歐元。

"妳們來瑞士幾天了？住在哪個酒店？"我問，打算先摸摸底再決定怎麼做。

波波頭想回答，但被牛仔短褲給制止了。

"我們來這裏兩天了，就住在附近的……柏悅酒店，一晚要價五千多元人民幣。"牛仔短褲答。

我心想既然住得起五星級酒店，想必也付得起價昂的魚子醬，於是用貝殼製小勺各挖了兩勺（展示櫃裏有十幾個錫罐，由於没標價，我只能選一款看起來比較便宜的讓她們試吃）。

"哇噻！好腥呀！"波波頭說完還做出嘔吐狀。

牛仔短褲倒是不動聲色，她指著另一罐黑不溜秋的魚子醬，要我也給她們來點兒。

這罐魚子醬我認得（我試吃的就是這個），Hans曾介紹那是白鰉魚子醬，一口下去能買一張東南亞境內的短程來回機票。

"剛剛吃的喜歡嗎？"我問牛仔短褲。

"還行……放心，我們不會白吃的。"

有了她的保證，我再次讓她們試吃。

"嗯！我覺得這個比第一個好，那麼……給我們來半斤吧！"牛仔短褲豪氣地說。

半斤即250克，我心想好歹也把試吃的錢給賺回來了，不禁鬆了一口氣。

由於不知如何稱重及打包，我招手讓那兩位冷眼旁觀多時的店員前來幫忙，自己則負責和"大客戶"套近乎。

"喜歡瑞士嗎？"我問。

"我好喜歡瑞士，"波波頭答，"山明水秀的，道路也乾淨，就是東西貴，餐廳裏連杯水龍頭裏的水也要收費。"

這倒不假，不過對有錢人來說向來不是事。

"買完魚子醬，妳們打算開派對嗎？"我又問。

"開什麼派對？"牛仔短褲說，"到超市買條法棍夾著吃，省錢！"

我一聽，心裏喀噔了一下。

" Here's yours." Gaby 把一個精美紙袋交給波波頭，" 2000 CHF."

波波頭接過後吐了吐舌頭，問我怎麼這麼貴？吃個龍蝦也要不了兩千元人民幣。

我糾正是瑞郎。

牛仔短褲頓時臉色大變，她從波波頭手中搶走紙袋交到我手裏，說："抱歉！錢不夠，我們去取。"

然後那兩人快步離開，樣子像是落荒而逃。

為了不給Freja和Gaby看笑話，我佯裝鎮定地說那兩位客人去取錢了，同時交待把客人要的東西冷藏起來，以免影響口感。

"冰雪女王二人組"聽完倒沒說什麼，但那輕蔑的表情我一輩子也忘不了。

由於被客人當猴耍，我没臉再待下去，找了個藉口離開，把不久前要接替Hans工作的豪情壯志給丟在腦後。

走出店外，我原本想直接回姑姑家"負荊請罪"，後來想想還是先平復一下心情比較妥當，免得敍述起來怨氣十足，倒像是全世界都虧欠了我一樣（没辦法，我們顧家就是這麼"善解人意"）。

我沿著利馬特河往南走，湛藍的河水倒映著藍天白雲及兩岸的古老建築，河上泊著遊船，遊船上罩著油布，一切都靜靜的，没有喧囂與奢華，有的只是安逸與舒適……

告別利馬特河後，我沿著羊腸小道開始爬坡，當爬完細窄的台階後，眼前豁然開朗，這裏便是林登霍夫山丘，羅馬時代最初的稅關關卡處。

講到此稅關關卡，當初是以拉丁語中的"軍事收稅"來命名，後來到了日耳曼語中，音變成了"蘇黎世"（Turicum），這便是蘇黎世地名的由來。

你若問我為什麼會知道？倒不是我見多識廣，而是大四寫畢業論文時無意間搜到的（關稅等於錢，凡與錢有關，都是會計專業的範疇）。

登高望遠後，我沿著小路下山，這裏的居民樓只有三、四層高，每家的庭院和窗台都被綠植和鮮花所包圍，一座座精美得宛如童話世界裏的小屋。

兜兜轉轉後，我又回到利馬特河，古老的舊橋、仿古的街燈、高聳的教堂……恍惚間，我彷彿回到了中世紀的古王國。

"嘟……嘟嘟嘟……"是秦平的來電，我接聽了。

"我以為妳會打給我，在家等了一整天。"他說。

我看了一眼手機上的時間顯示，蘇黎世下午五點，意即北京的晚上11點，秦平說等了我一天也說得過去，不過真的只是為了等我？

"昨晚……不，今天凌晨兩點多我沒說會打給你，而是說睡醒了再談。"

"妳睡醒了嗎？"

就因他話裏的揶揄，加上今天稍早的出師不利，我累積了不少負能量，正好將千里迢迢外的男友拿來當箭靶子。

"還沒睡醒，整天渾渾噩噩的，也不清楚是你真的打電話給我還是我做夢夢到的。"

"那好，你繼續睡，我繼續明哲保身。"

"如果這是你要的，我沒問題。"

然後我聽到"磕"的一聲，秦平果然掛我電話。

"掛就掛，最好別再打來！"我賭氣地說。

第二十一章/紳士的品格

利馬特河兩岸有三大著名教堂，分別為東岸的蘇黎世大教堂及西岸的聖母、聖彼得大教堂。

你若問我該如何分辨？方法很簡單。喏！雙塔聳立的便是蘇黎世大教堂，有銅綠色尖頂的是聖母大教堂，而有碩大鐘面的則是聖彼得大教堂。

研究教堂建築的人恐怕可以為此寫出數萬字的報告，但對於遊客而言（沒辦法，我還是無法接受自己得待在這個城市好一陣子的事實），只有值不值得拍照的問題。好比現在，我拍了多張照片，由於沒帶杆子，自拍的角度怎麼都取不好，一位老外見狀，自告奮勇要幫我拍，拍完後又問我能不能和亞洲美女合影？

" Me?" 我手指自己。

大鬍子點頭。

我看那人不討厭，便同意了。照片後來被我發到了朋友圈，連同那些美到不行的風景照。

告別大鬍子後，我繼續南行，雖然已是晚上六點多，但到處還是亮晃晃一片，估計要到夜裏九點以後才會天黑。夏日畫長代表冬天的太陽就稀缺了，希望在寒風吹起前我已回到北京的家，因為我可不想當"夜行"動物。

我邊想邊踽踽獨行，當走到Stradthausquai和Lochmannstrasse交叉口時，赫然看到一個穿正裝的人從酒吧裏走出來。

"是你！"我輕喊。

他愣了一下，隨即鬆了一口氣："没錯，是我。"

很奇怪！我和眼前的這個男人冥冥之中好像有一根線牽引著，相遇又錯過，錯過了再相遇……

"你和朋友有約？"我問。

"怎麼說？"

我指指酒吧的招牌。

"噢！妳指這個……没有，只是經過，進去喝了一杯，順便整理一下思緒。"

"整理思緒？"

"嗯！我正在休假中，臨時得了個任務，所以……"他躊躇了一會兒，"如果没事，我們走一走，順便聊聊！"

然後我們過橋往南行，沿途是蘇黎世湖的旖旎風光，適逢日落，湖天交際處漸漸成了紫紅色，像一個清新小女孩偷偷抹上了胭脂……

"妳今天上哪兒去了？"他問

"跟Cora談過話後，我到店裏轉轉，後來散步遇到你。"

我刻意將那段被糊弄的不美麗回憶抹去。

"想必Cora已經告訴妳調解方的要求。"

「是的。姑姑的公婆要求O-One估值的一半，看似公平，其實是毀了O-One，因為除非變賣，姑姑哪來那麼多現金？我提議給股份，按利分紅，Cora答已經給過offer，但對方不接受，只想拿錢走人，再無瓜葛。」

Louis問我有沒有想過為什麼Mr.和Mrs.Schneider會如此決絕？

這也是我無法理解的地方，按理說都是一家人，相煎何太急呀！

「看來妳是局外人……不對，妳是當事人，迷迷糊糊的當事人。」

我問這是什麼意思？他答沒什麼。

沒什麼就是有什麼，這傢伙真會吊人胃口！

「你和我姑姑都談了些什麼？」我再問。

「無可奉告。」

我頓時傻眼，這個回答也太不近人情了吧？

他隨後解釋：「如果我是個善於傳話的人，估計還沒當上大律師就被fired掉了。妳是學會計的，應該懂得守秘的重要性。」

「那麼又是誰告訴你我是學會計的？」

「是……妳猜！」

我撇撇嘴，算他精明！

走著走著，Louis問我有沒有察覺到這個城市好乾淨？

不用他提醒，我早留意到了，原來蘇黎世人這麼有素質，了得！

「據說這裏的清潔員每天趴在地上擦地，有個作家甚至誇張地說在蘇黎世喝湯不需要容器，因為灑在地上也能掬起來喝。」

"呵呵！真的太誇張了，我肯定不喝……我不可能喝的……我不要……真的不要！"

說完之後，我一抬頭，看見Louis正溫柔似水地看著我。

"怎麼了？"我問。

"没什麼，"他的溫柔褪去，換上冷漠但不失禮貌的微笑，"前方是中國園，我們進去看看！"

中國園？蘇黎世也有中國園？

Louis答當然有，還是昆明市政府送的，因為兩市是友好姐妹市，前者仿"翠湖公園"的格局，將一座優雅別緻的中國園林送給了蘇黎世人。

"那真得瞧瞧！"我笑答。

據Louis介紹，這是海外最大規模的中國式園林，以"歲寒三友"為主題，面積雖然不大，但相當精緻……

在國內我也曾參觀過不少的中國園林，對於石獅、黃瓦、紅柱、迴廊、小橋流水、雕樑畫棟、古色古香的涼亭……並不陌生，這個海外的中國園算是很好地保留了原味，如果不是園內參觀者的膚色太雜，我恐怕要以為自己回到了中國。

"喜歡嗎？"他問。

"當然喜歡，自家的東西怎麼可能不喜歡？"

Louis答他喜歡日式園林多一些，因為禪味比較濃。

"講到園林和禪，這本來是中國的東西，後來被日本人給剽竊了。"

"一開始可能是剽竊，但人家不也發揚光大了？"

我想反駁，卻不知從何說起，只能沉下臉來，氣氛一下子降到冰點。

"閉園時間差不多到了，"還是他先開口，"我的……酒店就在附近，妳有什麼計劃？"

“能有什麼計劃？當然是回姑姑家。”

“那好，我們一塊兒走。”

我以為他會送我回家（像所有紳士會做的一樣），没想到一步出中國園，他的手往右一指：“妳沿著這條路往前走，當看到seehofstrasse的指示牌時，往右走兩個blocks再左轉直行就是了。”

蘇黎世的老城區不大，不用他提醒，只要知道大概的方向，不可能迷路。

“你呢？知道怎麼回酒店嗎？”我故意問。

他笑了一下，樣子像是我問了一個可笑的問題。

“當然，我已經不止一次入住了。”他答。

第二十二章/口誤

忘了Hans的叮囑，我又讓電梯的彈簧門"響徹雲霄"。

"該死！"我咒罵一句，忘了電梯裏還有一個不苟言笑的中年婦女。

我吐了吐舌頭，期待她別開口說話（這時開口，肯定話無好話）。

還好那一臉寒霜的女人很快步出電梯，我繼續上行到第五層。

" %#¥@%……"

我一走出電梯，還沒走到姑姑家的鐵灰色門，樓下傳來說話聲……不，是咒罵聲，說的什麼？不懂！

"顧小姐回來了。"老余說，身上的圍裙果然陽剛許多。

"余叔叔，這件圍裙真適合你，看起來很專業的樣子。"

"妳的意思是我是專業的家務員？"

"呃……也不是啦！就是……你知道的，Annett的圍裙很不適合你。"

"呵呵！我不過是隨便說說而已，妳怎麼就認真了？快進來，妳姑姑正等著妳喝茶呢！"

我進到客廳，看到一張笑臉，姑姑像永不落山的太陽，時刻給予我溫暖。

"宛宛，吃飯了没？"姑姑問，同時替我倒了一杯茶水。

"没吃，我不餓。"我呡了一口熱茶，茉莉的香味撲鼻。

"Hans 說妳下午四點就離開，現在都……"她看了一眼牆上掛鐘，"都八點多了，妳上哪兒去了？"

如果我記得没錯，Hans早我一步先走，他又是如何知道我四點離開？肯定是Freja和Gaby 告的密，這兩個間諜！

"我隨便逛逛，還遇到Louis。"

"Louis? 妳是說……"

"没錯，就是那個辦依親簽證及收養手續的事務律師。"

姑姑臉色大變，問我Louis 都說了什麼？

"没說什麼。我倒希望他說點兒什麼，省得神神秘秘的，讓人霧裏看花。"

姑姑明顯鬆了一口氣，轉問今日我跟Cora談論的內容。

"她說對方的要求没變，就是50%，如果價錢没辦法壓下來，她會盡量將交付的時間往後推，畢竟賣掉一家估值上億的公司没那麼容易，除非賤賣。"

"我是絕對不會賣的，O-One就像我的孩子，天底下會有哪個母親賣掉自己的孩子？"她刻意看了我一眼，眼神有些複雜，"如果真有，那也是情非得已。"

我說這樣看來這星期五的調解不過是走個形式，最後不免對簿公堂。

姑姑答看情形也只能這樣了，還好在瑞士打官司能拖個幾年，只是白白便宜了吸血鬼。

"吸血鬼？"

"對！律師就是吸血鬼，他們不生產東西，只是仰仗一些平民百姓不懂的法律條文來賺錢，不是吸血鬼是什麼？"

我反駁律師的養成不易，從法律系學生爬到律師事務所合夥人的位置堪比登珠穆朗瑪峰，何況也不是每個律師都收入頗豐，好比Louis，否則他也不會住在公墓旁。

"他親口告訴妳他住在公墓旁？"姑姑問。

"是的。"

姑姑沉思一會兒後，承認事務律師的收入可能不高，但這個混血兒不一般，絕不是泛泛之輩。

我問何以見得？

"小說《斯巴達克斯》裏曾經提到貴族氣質就是慾望被滿足後淡淡的疲憊感，我看這個年輕人便是。"

"哈哈！這說的可是我？有時我挺疲憊的，因為想要的幾乎都手到擒來，久了不免乏味。"

"妳的確是被我們捧在手心裏長大的，但我們顧家充其量只是個暴發戶，缺乏像Louis身上流露出來的奢頹氣質。"

我不知道Louis是不是如同姑姑所說的身份尊貴，但他的確適當地保持該有的分寸與風度，讓人只可遠觀，不可褻玩焉。

"哎！反正是八竿子打不到的人，而且他這個人呀......對我很mean。"

"Mean"這個英文詞把它當形容詞解，有吝嗇的、不善良的、刻薄的、殘忍的......等意思，很明顯都是負面的。

"他對妳很mean？"姑姑偏頭想了想，"今天和他談話，倒沒聽出來。"

"呵呵！姑姑妳也真是的，對一個人mean是做出來的，不是嘴巴說說而已。"

"那麼他又對妳做了什麼？"

我突然語塞，說他對我吝嗇的、不善良的、刻薄的、殘忍的……好像也没那麼嚴重，頂多只能算是時冷時熱，對於初識的人而言不也正常？

"算了，可能是我過度敏感吧！"

"我看不是這樣，而是妳開始對他感興趣了，否則也不會在乎他對妳的態度。"

我當然否認，雖然這個混血兒身高可以、長相可以、氣質可以、職業可以……但也只是"可以"，並没有達到讓人驚豔的程度，何況我已經有男友了。

姑姑接著問我和秦平的感情是否仍"一如既往"？

"没錯，我們依舊深愛如昔。"我答。

回到房間，赫然發現秦平在朋友圈給我評論了，他問我那個藍眼睛老爺爺是誰？

在我的感覺裏，會留絡腮鬍的男人多半內向害羞（所以躲在鬍子後面），看起來也會"虛長"幾歲，但秦平說人家是老爺爺未免太過，那人頂多四十而已。

"老爺爺是我新交的男朋友，你有意見嗎？"我回覆，因為幾個小時前被他掛電話的屈辱還在。

等我沐浴完畢，正想刪除評論回覆時，發現為時已晚，秦平已經閱讀了，並且給我發來私信，通篇都是欲加之罪。在他眼裏，我為了得到一本瑞士護照，不惜和"老人"談朋友，又說他早該看出我的鴻鵠之志，否則我不會對"拿拆遷款買房全家一起住"的想法推三阻四。說到底我變了，當初就不該放我遠走他鄉……

哈！這就是我愛了四年多，不惜為他和父母反目的男人？可笑的是至今我仍認為他是我唯一的結婚對象，看來我眼瞎了，這個人根本不值！

我氣得全身打顫，沒多久，那個我看走眼的男人竟然又發來消息。

宛宛：

對不起，考試將至，我壓力過大才會胡言亂語，請把那些話都丟到腦後。

為了不再說錯話，我罰自己考試前不再聯繫妳。考完試我會飛到蘇黎世向妳當面認錯（如果妳還沒回北京的話），等我！

始終愛妳的平

心理學家弗洛伊德曾說過口誤並非偶然，它往往是內心深處真實想法的反應和寫照。換言之，秦平為口誤認錯完全沒有必要，因為他不過是說實話而已（這些都有脈絡可尋，好比他害怕我會為了一本護照"和蕃"，也對我無法融入他的原生家庭耿耿於懷）。

我把手機關了，默默上床，但腦海裏五味翻騰，久久不去……

第二十三章／賊船

昨夜没睡好連累了今天，我頂著熊貓眼進到廚房，老余正在電爐前忙活。

“余叔叔早！”

“顧小姐早，妳等會兒，我先把妳姑姑的早餐準備好，回頭再給妳煮好吃的。”

我問姑姑早上吃什麼？他答奶茶、水果拼盤和加了葡萄乾的麥片粥。

“那麼也給我來個一模一樣的，不用再另外準備了。”我說。

“妳吃得這麼清淡？”

“偶爾也得給腸胃喘息的機會，不過最主要的是今晨我没什麼食慾。”

“那可不成，今天妳的行程已經安排好了，肚子吃飽了才有力氣幹活。”

行程？我問什麼行程？

老余要我問姑姑，他反正聽命行事。

話音剛落，姑姑坐著輪椅前來。

"早，你們在談什麼？"

我走過去將姑姑的輪椅擺正後，答："余叔叔說我今天有行程安排，姑姑昨晚怎麼沒告訴我？"

"原本安排妳參觀我們在弗魯蒂根的鱒魚養殖場，忽然想起Hans今天休假，少了這個導師可不行，所以我臨時決定帶妳和牛蛙蛙卵生產公司PTP談合作。由於見面的時間挪前，也不知對方能不能赴約，直到今晨收到回覆，這個約會才算定了下來。"

牛蛙蛙卵？我問姑姑難道不打算做魚卵生意了？

"做，當然做，只是開發另一款加入牛蛙蛙卵的'魚子醬XL'，據說一公斤能賣到十萬瑞郎。"

十萬瑞郎相當於68萬元人民幣，是黃金價格的兩倍多。

"價格的確很誘人，但如此一來事又多了，我看O-One目前經營得不錯，守成不也很好？"

我這麼說是有私心的，姑姑的身體狀況很不穩定，她把希望都寄託在我身上，天知道我根本不想淌這個渾水，如果她把生意做大，意思是我的責任更重，到時想拍拍屁股走人就更沒藉口了。

"吃！我們邊吃邊聊。"說完，姑姑喝了奶茶又吃了一口麥片粥，"想在這行出類拔萃就得做出別人沒有的東西，俄羅斯和伊朗的魚子醬時代已經過去了，如今美國、德國、甚至中國都能生產出品質很好的魚子醬，O-One要如何勝出？只能開發新產品一較高下。"

"可是大費周章生產的東西會有人買嗎？畢竟有錢人只是少數。"

姑姑笑了，她說O-One做的就是有錢人的生意，不需要客似雲來，只要賣給對的人，就足以撐起O-One。

我問既然"酒香不怕巷子深"，那又何必把店開在租金昂貴的班霍夫大街？

"妳知道光在報紙上刊登一則商業廣告要價多少？我把店開在寸土寸金的購物大街上除了提高知名度外，同時也打了廣告。至於客人……我們當然不能禁止囊中羞澀的人入內，但極少有人會不識時務，若有，恐怕是銷售人員的不明朗態度導致。"

我刷地紅了臉，但仍不服氣。

"不管怎樣，總不能拒絕客人吧？！"我說。

"妳的態度可以不亢，但絕不能讓公司虧損，這是基本底線。對於第一次上門的客人，O-One通常會賣小樣給客人，他們可以當場吃，喜歡再買；如果是熟客，那待遇自然不同。"

"没有人告訴我這個……"我懦懦地答。

姑姑說現在知道也不晚，那五百瑞郎就當是學費吧！

五百瑞郎？真没想到波波頭和牛仔短褲吃掉這麼多，而我連她們的名字都不知道。

"我認為店裏的魚子醬還是應該貼上標價，譬如一百公克多少錢，這樣一目了然，我也……也不致於搞錯。"

"呵呵！有錢人買東西向來不問價錢，貼上標籤反而拉低了買賣雙方的層次。反正我們是不會搞錯的，這就好了，不是嗎？"

這真是毀了我"明碼標價才能童叟無欺"的固有想法。

"姑姑，能不能問妳一個問題？"

"妳問。"

"是誰告訴妳……我是說……我讓人試吃這件事。"

姑姑反問還有誰？當然是Hans，他是O-One的大總管。

"妳就這麼信任他？"

"以前我是挺信任他的，但現在不好說，所以我才需要妳。宛宛，妳可別讓姑姑失望呀！"

我緊接著問起Hans的來歷，這是埋藏在心底多日的謎團。

姑姑遲疑了一下，還是告訴我答案。

原來Hans原本是鱒魚養殖場裏的一名工作人員，某天姑姑做例行巡視時，發現他在工作時間內打瞌睡，便把他叫到辦公室訓話。

"對不起，昨晚有家教課，因為考試將至，家長希望多上兩堂，以致我今天精神不濟。您放心，這錯誤我絕對不會再犯。"Hans答。

姑姑很訝異他回答的是道道地地的普通話。

"你是家教老師，都教些什麼？"姑姑問。

"只要能賺錢，什麼都教，包括中文、德文、法文、英文、西班牙文、日文等。"

姑姑隨便測試了一下，他果然朗朗上口，這可是個語言奇才呀！怎麼就屈居在養殖場裏當一名工人？

Hans答由於初來乍到，只能工作挑人。他原先的願望是成為O-One的銷售，奈何天不從人願，只能從勞力的工作做起，不過這有個好處，以後顧客若問起魚子醬種種，他能侃侃而談。

姑姑看他長得眉清目秀，口才也不錯，加上精通多國語言，的確是當銷售的人選，於是圓了他的夢想，把他調到專門店當一名實習銷售。

Hans很精明，他等一切都步入正軌後才向姑姑坦白他的保加利亞護照是兩千歐元買來的，為的是搭上AFMP（歐盟與瑞士公民的自由遷居互認協定）的順風車。

姑姑一聽大怒，揚言要向瑞士的勞務部門舉報。Hans立馬跪了下來，祈求：「Mrs.Schneider，請您給條活路，如果不是我的出身條件太差，也不致於走旁門左道。說到底，我只是不甘心平凡，所以跌跌撞撞活到現在，如果連您也不幫我，我只能坐等被遣返，這輩子就算完了。」

姑姑後來一心軟，幫他申請了合法的工作簽證，算一算，他只要再工作個三年便能申請永居。

「這是施恩於人的表現，姑姑妳真棒！」我說。

「Hans也曾表示我是他的恩人，這個我不自謙，我的確是他的恩人，但做好事不一定有好報，我嚴重懷疑他背叛了我，一旦得到證據，我絕不會輕饒他！」

我問姑姑Hans到底做了什麼，用得上"背叛"二字？

「這個以後再說，對了，今日的談話妳可別跟他說嘴去。」

「放心，我懂得其中的利害關係。」

姑姑隨即感嘆地說：「宛宛，妳記住了，能夠做小伏低的男人都不簡單，可惜等我有這層體會時，已經坐上了賊船。」

第二十四章/余辰歐

姑姑和PTP約在一家酒吧見面。

"為什麼約在酒吧？豈不吵死了？"我問。

"這家酒吧不一樣，下午兩點尤其安靜。"姑姑答。

車子左拐右繞後，我們來到一棟老公寓，電梯下到一層，首先看到的是塗滿各種塗鴉的牆面，我不禁神經緊繃，可別是一屋子的青少年啊！

還好推開那扇做舊的木門，裏面截然不同，可謂冰火兩重天，像是設計師故意開的玩笑似的。瞧！青銅色的拱形吧台像是來到《星際迷航》的拍攝現場，其厚重的流線型設計，未來感十足。再看透明樹脂澆築的飲酒桌，像極了液體的物理形態，而無處不在的巨形甲蟲裝飾則讓我聯想起卡夫卡的《變形計》。

我的眼光離開甲蟲後，不偏不倚地落在左前方的那幅油畫。畫中的三個大西瓜比例不對，還有，果肉的顏色也不對，長這麼大，我可沒吃過藕色果肉的西瓜......

"宛宛，問妳話呢？"姑姑壓低聲音說。

"What?"

我一喊，對面的兩個男人笑了。左邊那位我猜是德國人（在我的印象中，德國男人普遍好看，所以......）；右邊那位就沒那麼賞心悅目了，他的身高不高，皮膚棕黑，頭髮是自然卷。

"#$@&......"好看的男人說起話來依舊迷人，可惜我聽不懂。

"他問妳知不知道青蛙和牛蛙的差別？"姑姑當起了翻譯。

青蛙我見過，牛蛙倒沒有，不過依據名稱的不同，我猜後者的體型比較大。

沒想到答案還真被我蒙對了。

"￥##@￥......￥%€$&......%@#￥......"這次是牛蛙蛙卵供應商發言，內容長得讓人以為他在發表征戰宣言。

還好翻譯人員倒是言簡意賅，可惜我依然像在聽天書。

"他說青蛙的卵是團狀；牛蛙的卵是長條形。還有，牛蛙卵的比重小於水，見水後卵外膠膜會吸水膨脹，造成採集不便，所以採卵越及時越好。"姑姑又為我翻譯。

"這話說得......莫非要我們親自去採牛蛙卵？"我問。

"當然不是，"姑姑摀著嘴，像在壓抑什麼，"現在不過是暖身，還沒講到主題呢！"

等講完主題，那是一個多小時以後的事。當一高一矮站起來告別，我才知道會面已結束。

"講的什麼我完全不懂，有必要讓我出席嗎？"我問。

"語言的問題可以克服，再不濟還能請翻譯。"姑姑長嘆一口氣，"宛宛呀！妳得漸漸接手O-One的業務，哪天......也不致於手忙腳亂。"

姑姑說的"哪天"指的是歸天之日，莫非她的病情又加重了？這可不妙！

回到姑姑家，我馬上一通電話打回國內，北京時間晚上十點多，還好爸媽還醒著，他們開了免提，好同時與我對話。

"爸，你是姑姑的親哥哥，按理說更有資格幫忙，我不過是晚輩，淺見寡聞，怎麼也輪不到我，不是嗎？"

"宛宛，爸老了，很多新東西學不來，還是年輕人合適。"

"是呀是呀！"媽接棒，"我們連下載個東西還得請人幫忙，怎麼搞得定一家公司？再說，姑姑打算收養妳，妳就是她的女兒，幫自己的母親天經地義。"

講到收養，我一肚子火，他們怎麼可以隨便將我送人？

"我還是不是你們最鍾愛的女兒？"我急了。

"妳⋯⋯妳當然是我們的心肝寶貝，但現在姑姑需要妳，打小她就對妳噓寒問暖，要什麼給什麼，生活費也⋯⋯"母親突然住嘴。

"什麼生活費？姑姑為什麼要給生活費？莫非⋯⋯"

"宛宛，"父親開口，"妳別胡思亂想，還不是因為妳爸媽沒用，入不敷出，妳姑姑看不下去，幫了我們一把，現在是我們回報的時候。妳是成年人，應該懂得投桃報李的道理。"

現在我終於知道我家是如何富貴起來的，那些豪宅名車、錦衣玉食、昂貴的學費⋯⋯都是姑姑賜予的，我們仨的確應當回報。

"好啦！知道了，我盡力就是。"

"宛宛真懂事！"媽說。

隔那麼遠，我也能想像母親此時一定是笑顏逐開。

"那我掛了。"

"宛宛，"父親喊住我，"妳姑姑的身體狀況可好？"

"她現在坐輪椅，偶爾上醫院檢查身體，睡前會打胰島素，吃得很清淡⋯⋯放心，老余照顧得很好。"

"老余？"爸媽同時問。

"他是姑姑僱用的司機和……家務員，人挺好的，據說曾和姑姑有一段情……"

"余—辰—歐—"父親咬牙切齒的聲音傳來，"竟然還有臉出現？造孽呀！要不是……"

"老頭子別說了，"媽喊，"宛宛，時候不早了，有空再聊！"

然後我聽到"磕"的一聲，媽竟然掛我電話，連再見也没說。

這太奇怪了！

我没有糾結太久，因為注意力被另外一件事給吸引住。

"余辰歐？原來老余的名字叫余辰歐，聽起來好像偶像劇男主角的名字。嘻嘻！待會兒我得調侃調侃他。"我琢磨著。

第二十五章/做小伏低

晚餐桌上我看到奇怪的東西。

“這是什麼？”我問老余。

“妳先吃吃看。”

我夾了一塊入口，該怎麼說呢？吃起來像雞肉，但肉太少、筋太多。

“是雞肉嗎？問題是怎麼沒有雞皮？”我問。

老余笑呵呵地答當然沒雞皮，因為我吃的是牛蛙。

“牛蛙？”我太驚訝了，“你上哪裏買的？”

“不是我買的，而是不久前有人送上門的。”

此時姑姑開口了：“下午見面時，那個爪哇人說他們公司除了賣牛蛙卵，還兼賣牛蛙肉，問我要不要嚐嚐？我聽說牛蛙全身都是寶，它的蛋白質很高，膽固醇卻很低，哪有不試的道理？只是我沒想到他們的動作如此之快，更沒想到老余的動作更快，三兩下就把牛蛙肉送上桌了。”

余叔叔笑呵呵地答食物最講求新鮮，如果擱個兩天再吃，味道就大打折扣了。

"還是余叔叔了得，佩服佩服！"我趕緊拍馬屁。

"煮個東西何難之有？話說'牛蛙'這個名字取得真好，果然體型龐大，像個足球似的。我一秤，居然重達兩公斤。"

"牛蛙的名字取得再好也比不上余叔叔的，哈哈！余—辰—歐，好像瓊瑤筆下的男主角名字呦！"我終於找到機會調侃他。

"妳怎麼知道我的名字？是不是......"老余看了姑姑一眼，姑姑搖頭。

我馬上表示不是姑姑告訴我的，而是我爸......

"妳爸......"那兩人同時間，老余讓姑姑先說。

"妳爸還說了什麼？"

"他......好像很生氣的樣子，後來我媽就匆匆掛斷電話，好奇怪......"

"這没什麼好奇怪的，妳別胡思亂想！"

聽姑姑這麼一答，我更加好奇，怎麼"大家"老提醒我別胡思亂想？我甚至没告訴他們我是怎麼想的。

"明天我有什麼行程？"我轉話題。

"明天我約了律師見面，妳則去參觀養殖場。Hans已經休息一天半了，我得給他找個工作做，否則就是白給工資。"

呃！差點忘了此事。

"只是參觀？"我問。

"第一天只是參觀，接下來一個禮拜妳得實習，將來好管理。"姑姑停頓了一下，"想當年我穿著防水工作服下到水裏，一待就是好幾個鐘頭，苦死我了！現在只要天氣一變化，我的膝蓋就發疼，怕是那時落下的病根。放心，妳不需要如此勞累，只要試著操作整個取卵過程即可。”

剛開始聽到我要“從底層做起”，心裏不免抗拒，聽到後面，我就不好意思拒絕。想當年姑姑都熬過來了，我沒有理由吃不了一個禮拜的苦。

“好，沒問題。”我答。

“就知道宛宛懂事，”姑姑露出欣慰的笑容，“哥哥嫂嫂果然教育得好！”

～

“如果不是妳姑姑堅持將阿爾卑斯山的水源引入，估計這個養殖場最終得告吹，因為這裏不近河湖，而水的耗量相當大，光水池就有上百個。”Hans介紹。

我也看到了，眼前有數量龐大的水池，只是我不知道原來總數達到上百個。

“這裏總共有幾條魚？”我問。

“大約6萬條，每年魚子醬的產量可達到3噸，鱘魚肉18噸。”

“我以為我們只生產魚子醬。”

“那麼屍體怎麼辦？總得物盡其用呀！不諱言地說，在瑞士吃到的鱘魚料理，大部份都來自O-One。”

不知為什麼，我立刻想到昨晚吃的牛蛙肉。

“果然天下商人都是一個樣，不放棄任何賺錢的機會呀！”我感慨地說。

“此話怎講？”

於是我把姑姑的計劃告訴他，原以為他早知道了，沒想到……

“這麼大的事，老闆娘竟然沒跟我商量？”他喃喃道。

我立馬不高興，他是誰？何德何能？

" O-One 的老闆娘是我姑姑，我不知道她非得跟一個外人商量？"

"妳別誤會，我是怕Brigitte上當受騙。"

"這不勞你費心，姑姑有我。"

"是、是、顧小姐說的是。"

我眼中的Hans向來不卑不亢，一旦他低聲下氣，我反倒無所適從，是一種極不舒服的感覺。

"￥#&%......" 一位工作人員站在水池邊拿著梯形的抄網問。

我等著Hans翻譯。

"他說這水池裏的魚今早已經掃描過，體內魚子數都達標，問妳要不要親自撈一條？"

我迅速搖頭。

想到有魚即將上"斷頭台"，我怎好當那位死神？

於是大叔彎腰一撈，一條活蹦亂跳的倒霉魚便走上它壯烈而悲慘的道路。

看大叔火急火燎地進入操作間，我想跟上，Hans叫住我。

"我們得穿上圍裙、戴上紙帽及口罩才行，妳知道的，為了衛生原因。"

"當然。"我點頭同意。

"鱒魚在恐龍出現前就已經生存在地球上，可惜逃過大自然的劫數卻逃不過人類的屠殺，真是可悲！"

"這倒是，很多物種都已經絕跡了。"

"話說回來，鱘魚還得感激O-One，我們一邊屠殺，一邊繁殖，數目恐怕比過去幾千、幾萬年繁殖得還多。換言之，只要有利可圖，鱘魚是不可能從地球上消失。"

我不苟同，鱘魚是不會感激O-One的，誰會對劊子手感恩戴德？瞧！砧板上的魚瞪大了眼睛，怕是死不瞑目。

"呵呵！顧小姐真有趣。讓我告訴妳，咱家的魚不存在'死不瞑目'一說，因為它們是被送入電箱電死的，前後不過幾秒鐘，以魚的傳導能力，估計還沒感到疼痛就已經死亡，堪比安樂死。"

原來如此，我心裏因此好過許多（但不包括Hans使用"咱家"二字，O-One是姑姑和姑丈打下的江山，跟他一點兒關係也沒有）。

接下來便是宰殺取卵的過程，只見工作人員俐落地用匕首劃開鱘魚的肚子，一大團魚子便面世了。清洗過後，它們被置在金屬格柵上來回滾動。

"這道工序是為了將不同大小的魚子分離出來，分離好後便是挑選，工作人員會用小鑷子取走脫色或者含有雜質的部份，只保留最佳狀態的魚子。通常魚子的大小和顏色取決於魚種、魚齡和飲食，最高級別的魚子最小，直徑只有2.6毫米，一罐30克的小樣能賣到232美元。"Hans解釋。

"沒想到魚子雖小卻有大學問，那麼那位大叔現在在做什麼呢？"

"這是最後的步驟—加鹽，然後就是裝盒了。"

我問怎麼這麼快？

Hans答當然得快，整個過程不能超過15分鐘，否則有損魚子的風味。

"那麼何必用小盒包裝？裝在大盒子裏豈不更省事？"

"那可不成，能裝多大容量都是計算過的，避免上層的魚子壓壞下層的魚子。"

至此，我不得不承認隔行如隔山。

"姑姑說明天起我得來此實習。"我說。

"我也聽說了，妳就從如何操作超聲波掃描器學起吧！"

"誰是我師傅？"

"當然是不才在下我，除非妳有更好的選擇。"他答。

第二十六章/傾盆大雨

從養殖場回來的路上，Hans問我在哪裏下？我想了想，回答："蘇黎世湖。"

"妳還没看膩？這些湖光水色初看時的確很賞心悅目，但看久了不免乏味。我還是比較喜歡車水馬龍、高樓大廈，這才是活力！"

我問喜歡車水馬龍、高樓大廈的人跑來這裏幹嘛？

他答因為命運，人是鬥不過命運的。

我不苟同，如果每個人都這麼想，那還努力個什麼？

Hans解釋他會有此感觸其來有自，話說他也是含著金湯匙出生，但一把大火奪去了所有。他常想如果當時工廠没有化為灰燼，他的一生肯定被改寫，可惜人生没有如果。如今他已經三十有五，即使拼盡全力也不過混個温飽，能不感慨嗎？

聽他這麼一說，我想起了過往。

"我和你剛好相反，算是含著木湯匙出生吧！若不是有貴人相助，恐怕連國門都出不了。"

“所以妳得感激Mrs.Schneider為妳所做的一切。”

我轉過頭去凝視著Hans。

“What?”他問，眼睛盯著前方道路。

“我没說姑姑是貴人。”

“除了她還會有誰？”他停頓了一下，“妳別胡思亂想。”

又來了，怎麼四周圍的人老要我別“胡思亂想”？

“好，我不亂想，你什麼時候給我銷售報告？”

“我没忘記此事，明天見面時給妳。”

由於他回答得坦蕩蕩的，我不免懷疑是姑姑多心了。

“你明天幾點來接我？”我問。

“養殖場的員工九點上班，但妳不一樣，妳說幾點便是幾點。”

我就是不願意與別人不一樣。

“那麼八點來接我吧！”

“好的。”

～

Hans在蘇黎世湖沿岸的中國園放我下車。

“這是海外最大規模的中國式園林，也許妳想看看。”他說。

“我看過了，挺好的。”

“妳一個人來的？”

“我……和同伴一起。”

他遲疑了一下才跟我告別。

“好奇怪的人！莫非我還得向他匯報見了什麼人？”我犯嘀咕。

我沒有走進中國園，而是沿湖南下，這一段我沒走過，剛好藉機“探險”一下。

蘇黎世湖是世界著名的冰蝕湖，湖水清澈通透，讓人眼前為之一亮。瞧！海天一色，遊客、天鵝、海鳥、帆船……在湖畔和諧共處，構成了一道獨特靚麗的風景線。讓人難忘的尚包括那一排排行道樹上的樹葉，綠的綠、黃的黃、紅的紅，彷彿人間仙境，看多久都看不膩，不懂Hans的乏味所謂何來？

我沿著蘇黎世湖漫步，渴了就喝路旁的直飲水，也許因為水源來自阿爾卑斯山，所以喝起來非常甘甜。

就這麼走了近一個多小時，好似永遠也走不到盡頭，心中不免洩氣。我原本的計劃是沿湖走一圈，直到回到布爾克利廣場為止，看樣子今天是完成不了了。

“顧宛宛！”

我正想往回走，聽到有人喊我，遂轉過頭去，竟然又是那個混血兒。

“你怎麼在這裏？”我問。

“我剛駕完風帆，這裏是風帆俱樂部，妳大概不知道吧？”

我當然不知道，入口處寫的是德文，我哪會知道？

“你就那麼休閒？”我問。

“怎麼會？忙了大半天才覷了個空。”他答。

其實我問的是他的穿著，駕風帆的人怎麼穿著條形衫及五分褲？腳踩的還是小白鞋？

Louis聽完，指指他肩上的帆布包，說：“衣服及鞋全在裏面。”

我"噢"了一聲，無話可說。

"對了，妳怎麼也在這裏？"他問。

"今天我去了一趟養殖場，由於明天開始實習一個禮拜，所以想在工作前先放鬆一下自己，沒想到這湖這麼大，好像永遠也走不完似的。"

"這湖的確大。"

Louis 話一說完，天邊傳來一聲低吼。

"妳現在打算怎麼辦？"他問。

"當然走回去唄！"

"怕是來不及了。"

我問什麼意思？他答再過幾分鐘即見分曉。

我們又談了些瑣事，沒一會兒的工夫就看見陽光穿過雲層，在湖面上灑下光影的奇特景象。我沒欣賞多久，很快便雲層厚積，頗有壓頂之勢。

"怕是要下雨了。"我喃喃道。

"我家就在附近，可以借妳躲雨。"

"不用了……等等，你不住酒店？"

我剛問完，大雨翻然而至，好像有人打翻了水盆似。

"快！跟我來。"

我躊躇了一下，還是跟在Louis身後小跑步。

第二十七章／意外的邀約

瑞士地形高峻，全境分為中南部的阿爾卑斯山脈、西北部的汝拉山脈及中部高原，平均海拔約1350米。拿蘇黎世而言，老城區雖然還算平坦，但沿蘇黎世湖卻是綿延起伏的山丘，美則美矣，但對在大雨中奔跑的人而言卻是件苦差事。

"這就是你說的'附近'？"我站在大門口火冒三丈，"早知道我就打車走了。"

也難怪我生氣，等我們跑向Louis的家，基本已淋成落湯雞，何需"躲雨"？

"直線距離三百米，是不遠呀！再說了，下雨天很難打車，不信妳試試。"

直線距離的確不遠，但加上爬坡，那可不是幾分鐘就能到達的距離。

Louis問我想怎麼著？如果想打車，他現在就幫我叫。

"我一身濕淋淋的，你讓我怎麼上車？"我質問。

"那麼就心平氣和地跟我進屋吧！我找件衣服讓妳換上。"

話至此，我也只能順著台階下。

見我不吱聲，Louis按下密碼開門。

門一開，我無心欣賞他家庭院，因為從大門口到建築物主體還得走上一段，而大雨仍然嘩啦啦地下。

"右手邊是泳池的更衣室及沖水間，我讓Floria送衣服給妳。"

主客果然有別，Louis 同樣濕透了，他卻可堂而皇之地進屋，不怕弄濕地板。

我在更衣室兼沖水間等了一小會兒，一位長相甜美的女生送來了浴巾及一件連身裙。

"Danke." 我說，用的是德語

沒想到她回覆我英語。

"Are you......"

"What?"

我本來想問她是不是家務員？想想還是算了。

"Nothing. Thanks!"

"Don't worry."

那女生走了，留下Jo Malone的少女淡香水味。

我很快沖個熱水澡，再換上連身裙，然後走向那扇敞開的門。

此刻橫在我面前的是一個用原木加上混凝土搭建的房子，如果大理石代表貴氣逼人，那麼混凝土便是粗糙樸素；如果金屬製品代表時尚潮流，那麼原汁原味的木頭便是一種渾然天成的雅緻格調。這種簡約純粹的空間設計很治癒，帶來久違的愜意和安適感。

"洗完澡舒服多了吧？"Louis坐在廚房中島沿伸出去的吧台前問我，手裏端著一杯透明無色的酒，身上的濕衣服已經褪去，換上白襯衫及灰色西裝褲，顯得神清氣爽。

"是的。"

"喝什麼？"他上下打量我一番，"看來 Floria 的衣服挺適合妳的。"

原來是她的衣服。

"你喝什麼，我就喝什麼。"我答。

"我喝伏特加。"

"這麼烈？那算了，有啤酒嗎？"

於是他給了我一瓶瑞士最富盛名的Appenzell，我邊喝帶著果味的啤酒邊讚美主人的家。

Louis聽完，不急不徐地答："中國有句古話叫做'月盈則虧，水滿則溢'，我認為不論行為處事還是家居設計都需要留出適當的餘地，減少慾望堆積給人帶來的壓迫感。"

"說的没錯。"

"我很高興妳懂得欣賞，不像 Floria，她挺不喜歡的。"

Floria? 為什麼Louis的家需要取悅一個家務員？

我正狐疑著，那個全身散發Jo Malone香水味的甜美女孩走了過來，毫不客氣就坐在Louis的大腿上，並且端起他手上的伏特加喝上一口。

Louis表情無辜地解釋："她就愛喝我喝過的飲料。"

"她......是誰？"我問。

"她是我這個星期的女友。"

我第一次聽說有人以星期為單位來介紹女友。

"聽起來很像租房子或租車子，你没付錢吧？"

「付錢？」他側著腦袋想了想，「那可多了去！」

原來眼前這位是個遊戲人間的花心大少。

「謝謝你的啤酒和有趣的談話，連身裙我穿走了，洗過後再送回，希望那時你的女友還沒換人。」

「呵呵！妳真有趣，」他讓Floria離開他的大腿，「外面雨停了，但路上濕答答的，妳確定要走？」

聽他這番話，代表他不會送我一程。

「没事，現在離天黑還有一段時間，如果走累了，我會打給老余，他是我姑姑的司機。」

「那好，我送妳到大門口。」他說。

如果不是臨行前的最後一瞥，我不會看見客廳電視櫃上的白色盒子。

「我以為你早把你母親的骨灰撒在蘇黎世湖了。」我說。

「我是想啊！但臨時在此得了個工作，眼看一時走不了，我心想何不找個絕佳的地點再撒？結果一路看下來，哪兒都缺了點兒什麼，這件事就這麼拖下來了。」

「那可不好。」

「是呀！要不……妳陪我去找？聽聽旁人的意見也許有助我及早下決定。」

「我……」我的目光投向那個白色盒子，它彷彿向我訴說著什麼，「那好吧！等實習完，我陪你去找。」

第二十八章/警告信

你若問我為什麼要答應和一個遊戲人間的男人去……去找一個撒骨灰的地點（這聽起來很毛骨悚然）？我也說不上來，大概因為我曾解救了那個骨灰盒子，所謂送佛送上天，我不願就這麼半途而廢。

～

回到姑姑家，姑姑問我有沒有遇上傍晚時分的那場大雨？

"有，當然有，我還跑到Louis……" 我急踩剎車，但姑姑已經聽到了話屑子。

"Louis? 那個混血兒 ？"

"嗯！我跑到他家……躲雨……路上遇到的……不是故意的 。"

"故意的也不要緊，" 姑姑笑眯眯地說，"那孩子挺不錯的，做事周到，對人也很有禮貌。"

"不是這樣的……真的不是。" 我很困窘。

還好老余及時出現。

"晚飯做好了，有魚也有蝦，顧小姐一定喜歡！"他說。

姑姑開口了："你已經叫'顧小姐'叫了好幾回，聽著很彆扭，還是叫她'宛宛'吧！"

"是的，余叔叔，叫我宛宛吧！聽著也不那麼生疏。"

"那好，Miss Brigitte以及宛宛小姐，晚飯做好了，請上座！"

我和姑姑一聽，樂不可支。

"宛宛的確算得上小姐，我已經步入中年，叫女士還差不多。"姑姑笑說。

"在我心目中，妳一直是個小姑娘……"

"夠了，"姑姑沉下臉來，"也不怕宛宛看了笑話！"

換作別人肯定受不了姑姑那陰晴不定的脾氣，但老余硬是忍了下來，還好聲好氣地解釋："宛宛，余叔叔就愛開玩笑，妳可別介意哈！"

"哪裏，這是生活的調劑品，我一點兒也不介意。"我轉向姑姑，"好餓呀！現在能吃飯了嗎？"

一場冷空氣就在我和余叔叔的不懈努力下散去。

不久，飯桌上又傳來姑姑爽朗的笑聲。

我慌慌張張地衝下樓，還好Hans沒開走，我趕緊跳上車。

"這個地點只能暫停三分鐘，我已經來回繞了好幾圈。"他邊開車邊抱怨。

"對不起，鬧鐘沒響，我連早餐都沒吃就衝下來。"

Hans問我該不會又忘了把電梯的內門及外門都闔上了吧？

我一回想，糟糕！還真不幸被他言中。

Hans 搖搖頭說：" 我猜 Brigitte 很快會收到鄰居的聯名抗議信。"

"不會吧？才多大點兒事。"

"就當我沒說吧！"他像想起了什麼，"銷售報告在後座，下車別忘了帶走。"

我往後看，那裏果然有一個牛皮紙袋。

"你今天不載我回家？"

"下午我有個appointment，放心，我會找到人送妳回家。"

"宛宛回來了。"老余說。

我"嗯"了一聲，話都懶得回答，直接進屋。

"宛宛回來了。"姑姑說。

"嗯！"我把牛皮紙袋及包扔在桌上，人直接躺在沙發上。

姑姑隨即要老余給我一杯熱茶，等茶上桌，我才慢吞吞地坐起，並且邊喝茶邊抱怨養殖場的工作不好做。

"妳下水了嗎？"姑姑問。

"沒有。"

"那還喊累？最難、最累的部份妳都沒經歷過呢！"

"可是……我累了嘛！"

"那明天還去嗎？"

我思考了一下，第一天就打退堂鼓，員工心裏會怎麼想？以後我還能不能帶人？

"還是去吧！"我弱弱地答。

"就知道宛宛不會虎頭蛇尾，我果然沒看錯人！"

聽姑姑這麼一說，等於斷了我的回頭路，眼下只能硬著頭皮走下去。

"宛宛，"老余開口了，"今天妳姑姑收到警告信了。"

警告信？我問怎麼回事？

姑姑答没什麼大不了的，下回我使用電梯時動作輕柔點兒就行，對了，別忘了離開電梯時把內門及外門都闔上。

"還說没什麼大不了，"老余怪嗔，然後面向我，"別聽妳姑姑的，她若再接到兩封就得上市政府說明情況，如果没處理好，這房子就不能再住下去了。"

"這麼嚴重？不過是芝麻小事，至於嗎？"

老余解釋當然嚴重，因為我的疏忽，鄰居們不得不大費周折才能坐上電梯，還有，這樓裏有數位老人居住，哪天發起病來，如果因電梯問題延誤送醫，那才真攤上大事了！

我細思極恐，怎麼自己就没想到這些？真是該打！

姑姑要我無庸自責，這幫老外維護起自己的利益向來無所不用其極，警告就警告了唄！下次小心點兒就是。

"對不起，我一定小心，不讓姑姑有任何麻煩。"我信誓旦旦地說。

第二十九章/作家母親

就這麼起早貪黑地熬過一個星期，終於對養殖場有了初步的了解，也認識了在這裏工作的每一個人。

"恭喜妳結業了！" Hans邊開車邊說。

"是結業了，但不表示事情就這麼結束。Cora說我姑姑的案子調解失敗轉為訴訟，雖然這是可預見的結果，但……我一想到就頭疼，律師費可不是一筆小支出。"

"也許去求個情有用，老人家總是比較心軟。"

我一聽，眼前為之一亮，對呀！怎麼沒想到這個？

"成，回去我就告訴姑姑。"

"那就壞了，妳姑姑向來要強，絕不可能低頭，這件事妳得偷偷進行。"

"我？" 我揚起聲，"他們又不認識我。"

Hans說沒見過面不代表起不了作用，好歹我和兩老人是姻親，不看僧面看佛面，我的話可比律師的話好用一百倍。

我想了想，不無道理。

"你知道我姑姑的公婆住哪裏嗎？"

"知道，他們住在德國的雷根斯堡，有一次我奉令送魚子醬過去。"

雷根斯堡？我問遠嗎？

他答不遠，開車五個多小時就能到。

"那不得過夜？"我喃喃自語。

"雷根斯堡很美，妳會喜歡的。

"你誤會我的意思了，一旦過夜，姑姑肯定會過問，事情要如何偷偷進行？"

Hans思考了一下，向我支招："妳就說和我去拜訪隱性客戶，她會理解的。"

想到要欺騙姑姑，我退縮了。

"瞧妳！商場上的爾虞我詐還會少嗎？妳以為妳姑姑就沒一點兒瑕疵？當妳告訴她銷售報告有造假嫌疑時，她不也一句不吭？為什麼？因為她是知情的。"

"你……你怎麼知道？"我嚇得兩腿發抖。

"我當然知道，銷售報告的學問可深了，有給股東看的、有給銀行貸款部門看的、有給稅務機關看的………妳還太稚嫩，不若Brigitte精明，再過個幾年也許就不那麼不食人間煙火了。"

我不食人間煙火？這聽起來很像貶義詞。

Hans要我別誤會，他怎麼可能貶低主子？話說想不食人間煙火也得有那個條件，大部份的人都得為了柴米油鹽勾心鬥角，天真爛漫反倒成了無價之寶……

瞧！Hans就是有辦法反轉，我這個輕量級別怎麼鬥得過重量級別？難怪姑姑老有"養虎為患"的擔憂。

“顧小姐，去不去由妳決定，想好了再告訴我。不瞞妳說，明天我有空。”

“明天我想休息一天，畢竟已經工作一個禮拜了。”

Hans的嘴角浮現一絲難以言喻的笑容。

“成，我反正聽命行事。”他豪爽地答。

說要休息一天，其實早上六點我就整裝待發，因為Louis十點鐘有個會議，我們得在那之前把事情辦妥。

“宛宛，這麼早去哪裏？”姑姑問，她一向早起，但吃過午飯會打個盹。

“我去鍛練鍛練。”

老余笑岔了氣，他說我的口吻聽起來像七老八十的人。

“余叔叔，你就愛笑話我！”我嘟起嘴來。

“好啦！別生氣了，”姑姑開口，“妳余叔叔是跟妳開玩笑的。”

我看了一眼老余，又看了一眼姑姑，今日姑姑竟然沒“落井下石”，老余也“坦然接受”，這太奇怪了！還有，怎麼早上六點“家務員”就出現在姑姑家？他是勤於上班還是根本就……一夜沒回家？

“怎麼了？”姑姑問。

“沒事，我走了。”

老余問我回不回來吃飯？

我想了想，回答：“午餐我自行解決，晚餐還是回來吃。”

清晨六點半，蘇黎世湖正被如煙似夢的輕霧籠罩著，有幾隻白天鵝悠遊其間，水鳥則偶爾會輕點水面，像是例行的儀式般。最煩人的是麻雀，嘰嘰喳喳的，讓我聯想起菜市場討價還價的大爺大媽們。

"再過不久，陽光就會替湖面撒下金粉，那才叫個美字！很難想像這個湖泊曾經被嚴重污染過。"

污染？不可能的！這湖清澈見底，若有人掬水飲用，我一點兒也不覺得奇怪。

Louis很嚴肅地告訴我此事不假，瑞士當年花了巨資，確保流入蘇黎世湖的每一滴水都經過淨化，才有了如今的湖光水色。

"這太神奇了！堪比愚公移山。"

"余公是誰？他為什麼要移山？"

"他……他……"我笑不可仰，"他是我姑姑家的家務員，至於為什麼要移山？哈哈！因為……因為山在那裏啊！哈哈哈……"

Louis等我笑完才問："妳是不是在捉弄我？"

"沒，真的有余公，我發誓，"我忍住想再度狂笑的衝動，"你們還見過面，當時老余送我姑姑上律師事務所。"

"原來是他，難怪……"

"難怪什麼？"

"沒什麼。"

沒什麼就是有什麼，這傢伙真會吊人胃口！

"聽著，我在瑞士最親近的兩個人都對你交待了，你是不是也該禮尚往來？"我說。

"妳問的是Floria?"

雖然我對Floria同樣感興趣，但打死也不能承認。

“誰說她來著？我指的是你媽。”

“她……她是個作家。”

我想過很多可能性，偏偏沒料到她會是個作家。

“是嗎？寫過哪些作品？”我問。

“寫的是異國戀情小說，據說有上百本。”

“據說？你没讀過？”

“没有，因為我的中文閱讀能力有限，加上那是女性小說，我没那麼大的興趣。”

這可理解，男生通常不愛讀愛情小說。

“那麼你母親為什麼鍾情蘇黎世湖，以致死後也想把骨灰撒在那裏？”

“說來話長，妳有耐心聽嗎？”

“當然。”

第三十章/青菜蘿蔔各有所愛

在Louis的描述下，我因此知道整件事源於一則廣告。

"我母親很小的時候曾看過一則電視廣告，賣的什麼早已不記得，只記得藍綠色的湖水上有幾隻白天鵝悠遊其間……她的童年記憶很多已經模糊不清，唯獨對此印象深刻，每次想起，總帶給她平靜、安逸的舒適感。長大後的某天，她忽然想起那個畫面，上網查'藍綠色的湖水'，屏幕跳出'蘇黎世湖'的圖片，她驚呆了，因為那的確是她童年的記憶，於是'死後將骨灰撒在蘇黎世湖'便成了她的心願。"

我問她可曾來過蘇黎世？他回答沒有。

"那不是很奇怪嗎？"

"我母親想把自己的生命終結在一個幻想的寧靜世界裏，如果親臨現場，難免和想像有出入，那又何必？"他停頓了一下，"我承認這聽起來有點兒奇怪，但每個人多多少少有奇怪的地方，妳不這麼認為？"

"的確，譬如我就不了解姑姑為什麼讓我接手一家我完全不懂的魚子醬公司，四周圍的人也是，好像我責無旁貸似的。"

"也許……這就是命運！"

命運？我認為這種說法最不靠譜也最推諉塞責，因為任何事情的發生都可以推給命運，誰也沒辦法反駁一個很玄的東西。

Louis 同意我說的，好比半個月前我倆完全不認識，誰會想到半個月後會一起走在蘇黎世湖畔，更令人匪夷所思的是原本四天前他就應該回到倫敦，而不是卡在這裏……

"不止你卡，我也卡住了，這個奇怪的命運！"

Louis噗嗤一笑。

我問他為什麼笑？（原以為他會回答沒什麼，像往常一樣，結果相反。）

"因為我覺得妳很可愛，現在這麼天真可愛的人已經很少見了。"

陽光早在湖面上灑下金粉，而我們仍沒找到心怡的地點。

又過了十分鐘……

"我看就這裏算了，藍天碧湖、綠樹成蔭、野花還盛開。"他說。

"不行，絕對不行！你沒看到天鵝嗎？"

"天鵝怎麼了？"

"天鵝會吃掉你媽。"

這次他笑得很瘋狂，我甚至懷疑自己是不是遇上了瘋子？

"對……對不起，我很少這麼失態，但……妳真的太有趣了，我忍不住……所以……"

「可是......我是說真的，天鵝會吃掉你媽......的骨灰，你不擔心嗎？」

「我......」他語塞，看得出來在壓抑什麼，「我擔心，而且擔心得要命，那怎麼辦？妳說！」

我四處張望，發現走了兩個多小時也不過環湖了一小段。

「我看還是應該另約時間再找，最好開車。」

「行，就這麼說定，現在我們得叫車回去，否則趕不上開會，妳在哪裏下？」

我想了想，回答O-One。

～

兩位冰雪女王看到我，皮笑肉不笑地和我打招呼，我也回覆：「Guten Morgen!」

「顧小姐早。」Hans從裏間走出來，「我們剛開門營業。」

「看得出來，最近如何？」

他答如果我是問銷量，穩中有升；如果我是問他本人，目前還是單身漢。

「當然問銷量，我對你本人的交友及婚姻狀況不感興趣。今天來是幫忙做銷售的工作，如果有不明白之處，請不吝賜教。」

「顧小姐言重了，我當然竭盡全力輔助。」

～

下午一點，當Freja和Gaby用完午餐回來，Hans問我：「有沒有這個榮幸跟顧小姐一起用餐？」

想到不過是吃頓飯而已，遂點頭。

Hans帶我去的是一家以魚類為主的快餐店，可以選取多種菜品進行組合，有冷食也有熱菜。 我選了煎三文魚配烤蔬菜，他選的是海鮮匯飯配沙拉，結賬時，他連我的也一起付了。

"回去後我給你。"我說。

"隨妳，不付也行。"

"肯定要付，你也不容易。"

他看了我一眼，似乎有話要說，但最後仍保持沈默。

我們就這麼安靜地用著餐，由於沒交談，幾分鐘後便光盤。

"妳喝咖啡還是茶？"他問。

"茶，只加奶不加糖。"

直到他倒了兩杯茶過來，我們才真正打開話匣子。

"能問妳一個問題嗎？"

"看情況，只要不涉及隱私。"

"那當然。"他停頓了一下，"妳認為我老嗎？"

"你？"我細細打量他，"抬頭紋有了，但沒禿頭，以三十五歲高齡，你算保養得不錯。"

"謝謝！這給我無比的信心。"

我問什麼意思？他答他有喜歡的人，就等著適當的時機做表白。

霎那間，彷彿有什麼東西撩撥了我一下。從一開始我便對Hans提防，忘了他也是尋常人，內心也渴望愛人及被愛。

"三十五歲也該成家了，我祝你旗開得勝！"我誠心誠意地說。

"妳認為會有女人喜歡我嗎？"

"這個問題很難回答，再怎麼討厭的人也會有人喜歡。"

見他不吱聲，我才發現講錯話了。

"對不起，我的意思是......青菜蘿蔔各有所愛。"

"妳不用解釋了，我知道自己的條件，但此一時彼一時，風水輪流轉，不是嗎？"

說的沒錯，我點頭表示同意。

"走了？"他問。

"嗯！"

然後我們一前一後離開餐廳。

第三十一章/自我安慰

回到家，姑姑問：" 聽說後天妳和Hans要到雷根斯堡拜訪客戶，可有此事？"

" 呃......嗯......是。"

" 去幾天？"

" 呃......嗯......看情況。"

" 那麼後天我也出外走走。"

想到此行帶著目的，姑姑若跟去，豈不穿幫？我得趕緊阻止。

" 那個......雷根斯堡有點兒遠，開車要五個多小時，妳確定身子受得了？"

" 我只是去市郊洗個溫泉，聽說巴登的溫泉打從羅馬時代就有，至今還有47度C的硫磺泉。"

聽完，我如釋重負。

" 宛宛，妳姑姑有我，別擔心。"老余說。

聽他這麼一提，我又神經緊張，等著姑姑向他大潑冷水，可是……沒有。

"老余，今天晚餐吃什麼？"姑姑問，挺和顏悅色的。

"病人當然吃特別料理，宛宛就不一樣了，我山珍海味侍候著。"

後來我才知道余叔叔幫我煮了宮保雞丁（山珍）及青豆蝦仁（海味）。

居住海外，沒有什麼比吃到家鄉菜更能撫慰一顆遊子的心。我很幸運，不僅天天大啖中國美食，回到家還能說上中國話，思鄉病？哈！大概只有午夜夢迴才會卻上心頭。

迷迷糊糊中，我聽到手機響了。

"喂……Hello……Ja,Hallo……"

"宛宛，是我。"

聽到秦平的聲音，我的瞌睡蟲跑了大半。

"喂！宛宛……在嗎？"

"在。"

隔那麼遠，我也能聽到他大鬆一口氣的聲音。

"我……我考完試了，按照約定，我將飛到蘇黎世向妳當面致歉……"

"不用了，不需要。還有，我沒跟你約，是你自己約的，別賴我！"我冷冷地答。

秦平說我會生氣，他完全能理解。是他不好，把我當成壓力下的出氣筒，換位思考，他若是我，也會火冒三丈。

"好了，掛了吧！等我睡醒再說。"

“如果能等，我也不會挑這個時間打給妳。只想告訴妳，為了省錢，我買了中轉三次的機票，抵達蘇黎世是58個小時以後的事，我已經發行程表到妳的郵箱，到時妳會來接我吧？”

58個小時？那時我正在雷根斯堡呢！

“不行，我没空，你趕緊把票給退了！”

“來不及了，我正準備登機，別忘了到蘇黎世機場接我，不見不散！”

“喂……喂喂……”

我頹喪地掛了電話，這算什麼？男友打得我措手不及，我該怎麼辦？

前思後想，眼下我有三條路可走：

1、別理不請自來的人，讓他自生自滅！

2、取消雷根斯堡之行，像什麼事也没發生，開開心心去接機。

3、繼續既定行程，讓某人代替我接機。（老余肯定不行，他和姑姑洗溫泉去了，也不知何時回來。）

我翻來覆去，總睡不好。該死的秦平！今晚我又失眠了。

趁著店裏没客人，Hans 問我明天幾點出發？

他一提，我不免來氣。

“你怎麼問也不問我一聲就決定何時去雷根斯堡？我還是通過姑姑才知道。”

"因為……"

"馬上改期！我有朋友從北京飛來找我。"

"男朋友？"

"……嗯！"

"交往多久了？"

我望向他，冷冷地說："敢情我還得向你報告？"

"對不起，失言了。"他有些尷尬，"妳剛剛說什麼來著？……噢！改期。抱歉！我已經跟Mr.and Mrs.Schneider約好了，如果改期，恐怕……"

我答知道了，心中不免鬱鬱。

Hans遂建議讓Freja或Gaby幫忙接機，再不然，老余也行。

我望向店內那兩個洋女人，雖然臉孔冷冰冰的，但身材該突的突，該凹的凹，這太危險了！

"老余沒空，而且我男友挺內向的，我怕Freja或Gaby會欺負他。"

"那……"

看有客人進門，我趕緊結束談話，表示自己會想辦法解決，沒事的。

說會想辦法解決，其實根本無法可施。想來想去，我竟然想到一個下下策—從雷根斯堡回來後再去接秦平。

"反正只等幾個小時而已，他是來謝罪的，總不致於生我氣吧？"我做自我安慰。

第三十二章/小老闆娘

雷根斯堡是多瑙河邊上的一個古城，位於德國南部，還好我的申根簽證用得上，否則無法來個"說走就走"的旅程。

在車內的狹小空間內，大部份的時間我沉默地望向窗外，但基於禮貌，有時不得不與Hans虛應幾句。

"老余的動作真快，從一個無業遊民突然成為O-One老闆娘的司機兼管家，前後不過短短兩個月的時間。" Hans邊開車邊說。

老余是姑姑的前男友，兩人的關係匪淺，不了解情況的人的確很容易誤會他坐的是噴射機。

我耐著性子解釋："老余因為太太生病才辭職在家，跟一般認知上的無業遊民有所不同。還有，他開車很穩，家務也做得好，我認為姑姑並沒有選錯人。"

"妳呢？有沒有選錯人？"

"什麼意思？"

"我是說妳男友。"

我正要發火，Hans要我息怒，他是因為少有戀愛經驗，想和我交流一下。

聽他這麼一說明，我的氣消了，並且油然升起"提攜後輩"的想法。

"我和他已經交往四年了，因為兩家的背景相差太大，父母很反對，但我鐵了心要和他在一起。最近……最近我倆之間有了小摩擦，他打算飛來蘇黎世認錯，誠意十足，但我好像對這段感情開始感到乏力。你問我有沒有選錯人？我很難回答你，因為沒有比較就難分對錯。不瞞你說，他是我的第一個男朋友，所以……"

Hans問我何不另交一位？有比較才容易判斷自己是不是選對人。

"另交男友？在蘇黎世？哈哈！我可不是花痴呀！總不能在路上隨便攔下一個求交往吧？！"

"話不能這麼說，好比妳可以考慮考慮我，我還是單身。"

"你這是開玩笑吧？兩天前你才告訴我有喜歡的人，正打算向她表白。"

"哈哈……哈哈哈……妳就把它當成開玩笑吧！偶爾的玩笑話是人生的調味品。"

"我可不喜歡，"我沉下臉來，"下次請別再開這種玩笑，你我的年紀相差一輪呢！"

～

車子進入雷根斯堡已是下午三點。

"你約的是幾點？"我問Hans。

"本來約好四點，臨時改成明天同一時間。"

"哎呀！你怎麼不早說？"

“我也是兩小時前停車加油才得知，也只有那時候我才有時間閱讀郵件。”

這下可怎麼辦？本來的計劃是讓秦平在機場乾等五、六個小時當作懲罰，眼下又多出一天的時間。

“妳怎麼了？”Hans問。

“沒事。”我想了想，“待會兒辦完酒店入住，我想小睡一下，晚餐時再叫我。”

我沒睡，而是試圖聯繫秦平，按照他的行程表，飛機已降落倫敦，中轉的時間長達十八個小時（我能想像他必是找了個座位補眠，而不是入住機場酒店）。可惜我試了又試，仍無法聯繫上他。

“秦平肯定為了省錢沒辦國際漫遊，現在只能祈禱他使用機場Wifi，興許我們還能用微信語音通話。”我心想。

然而左等右等，他彷彿人間蒸發了似，此時房間內的座機響起。

“顧小姐，已經六點半了，這裏的餐廳大部份營業至八點。”Hans說。

我想了想，與其漫無目的空等，還是善待自己吧！我已經空腹很長一段時間了。

“好，給我十分鐘。”我答。

車子停妥後，Hans指著右前方說：“那座石橋已經有八百多年的歷史，看不出來吧？！”

此時橋上仍有閃著車燈的車子通行，多瑙河畔的路燈也亮著，所以雖然夜幕降臨，仍看得出那是一座非常牢固的石橋。

「的確保養得很好，我還以為經過戰爭的洗禮，它早破敗不堪了。」

Hans接著指向左前方的紅瓦綠牆建築，介紹它原本是個鹽倉，建橋時成了工人的食堂，現在則是一家德國餐廳，主打手指香腸。

「今晚該不會是香腸之夜吧？」我問。

「當然，來德國不吃香腸等於白來。相信我，好吃到能讓人飛起來。」

我們下車走進餐廳，入口處有個大爐子，幾名廚娘正把生香腸放在炭火上燒烤，烤到外皮焦脆、肉香四溢才上桌，另外還附上圓麵包、酸菜及蜂蜜芥末醬。

「好吃嗎？」Hans問。

「太好吃了！只是麵包為什麼給這麼多？我們才兩個人，竟然給了一籃。」

「這是論個賣，一個一歐元。」

原來如此。

我邊吃好吃到飛起的德國香腸邊觀察四周，店內的桌椅及擺設全是老物件，窗外則是涓涓細流的多瑙河及充滿故事的橋樑，在此用餐，除了時光的刻痕，還能感受到溫馨及舒適，是個絕佳的體驗。

吃飽喝足後，我沒忘了買上幾瓶店內的明星產品—蜂蜜芥末醬。

「我不知道妳這麼喜歡他家的醬料。」Hans說。

「是不錯呀！除了帶給姑姑和余叔叔外，我還打算送給兩位老人，因為匆忙間忘了買禮物。」

Hans聽完欲言又止，我要他不妨直說。

"妳要有心理準備，也許他們不像妳想的那麼和藹可親。"

"有些老人的確難以親近，放心，我會把姿態擺低。"

"那麼祝妳好運！對了，忘了告訴妳，我付了兩晚的酒店房費。"

兩晚？我問為什麼？

Hans解釋明天見面起碼一個小時，即使馬不停蹄地往回開，到蘇黎世也差不多近午夜了，我得體諒一下開車的人。

這話說得我無法反駁，自己總不能背上壓榨員工的罪名吧？何況Hans也是為了姑姑的官司鞍前馬後。

"行，就這樣吧！"我說。

得到許可（雖然是先斬後奏，讓我很不是滋味），Hans再度表現奉承的功夫。

"既然約的是明天下午四點，那麼白天就讓我帶妳參觀這個美麗的小城吧！"

本來的計劃並不包括觀光，現在時間上允許，我沒有理由不同意。

"那麼麻煩你了。"我說。

"這是我應該做的，小老闆娘。"他答。

第三十三章/公主咖啡館

回到房間後不久，Hans打來電話，問我要不要游泳？酒店有溫水游泳池。

"游泳？才剛吃完飯，不去！"我立馬回絕。

大概又過了一個多小時，我的手機又響了，Hans說他放在儲物櫃裏的衣服被偷了。

"被偷了？怎麼會？"我問。

"我也不清楚，妳能來救我嗎？就拿妳衣櫃裏的浴袍。"

但凡好一點兒的酒店都會給客人準備浴袍。

我打開衣櫃，那裏果然吊著兩件，我取走其中一件。事後我才發現自己愚蠢，這種事情何必自己親自出馬？讓Hans打給前台即可。

不管怎樣，當時的我一心想"救人"，没思考太多便直接衝向游泳池的更衣室，然後犯下第二個錯誤（正確的作法是把浴袍交給值班人員，然而我卻親力親為），果然……

我驚叫一聲，丟下浴袍便往外跑，也不管周遭人群投來的詢問眼光。

回房後，我鎖好門又搬來椅子堵在房門口，然後躲進被窩裏發抖。

是的，這是第一次我親眼目睹男人的生殖器，我以為那話兒都像大衛的裸體雕像般小小的，但Hans的卻是一個"巨無霸"，我嚇得落荒而逃。

是……是的，我還是處女，這也是秦平鍾愛我的方式，他說要把第一次留到洞房花燭夜時……

想到遠在倫敦等待登機的男友，思念排山倒海而來。我馬上找來手機撥打，可惜依然聯繫不上，這個傻小子該不會不知道如何使用機場的免費Wifi吧？

我將手機扔向一旁，睜著眼睛發楞，但不論怎麼轉移注意力，那個陽具一直在腦海裏揮之不去，像一座發射器，噠噠……噠噠噠噠……

～

我們住的酒店就在市中心，鄰近各大旅遊景點，最特別的是酒店就建築在多瑙河邊，推開窗戶便能看到潺潺流淌的河水以及遠處高聳的教堂尖塔。

"昨晚……謝謝妳，妳沒嚇到吧？！"早餐桌上，Hans問。

"没，才多大點兒事。"

話答得雲淡風輕，但老實說我真被嚇到了，而且嚇得不輕。

"待會兒我會向聖母懺悔。"他接著說。

我問懺悔什麼？

"懺悔……我好像……開始……開始有點兒……喜歡妳……"

"夠了，"我扳起面孔，"我說過別再開這種玩笑！"

"我不開玩笑，這是真的......才怪！"

我睨了他一眼，話懶得說一句。

走在窄窄的石板路上，四周圍都是磚紅色的古老房子，構成一幅中世紀的歐洲市景圖，令人歎為觀止。

當我們進入聖彼得大教堂時，神父和教徒正在望彌撒。不懂他們講的什麼，但那種氛圍很是肅穆，尤其當唱詩班的歌聲響起，敬畏之心也油然而生。

"看到那個管風琴沒？"Hans手指前方，壓低聲音，"它是世界上最大的壁掛式管風琴。"

"是嗎？難怪聲音如此低沉響亮，不過最吸引我的還是聖壇後面的彩色玻璃窗，簡直美得不似人間物。"

"妳知道為什麼玻璃是彩色的嗎？因為那時的工藝還造不出透明的玻璃。"

真的？這簡直太神奇了！我還以為製作彩色玻璃的難度更高些。

然後Hans又告訴我一些史事，好比這個教堂曾兩次被大火焚燒（現在看到的是1273年重建的），而教堂內的聖體匣、掛毯及其他珍品都其來有自。

"你懂的真多。"

"這是我二度光臨，第一次有導遊介紹，當然懂了點兒皮毛。"Hans突然在我耳邊耳語，"嘿！妳信教嗎？"

"沒有，"我本能地向後退，"你有嗎？"

"本來沒有，現在有了，我祈禱聖母讓我追上我喜歡的女生。"

由於不久前他才剛開過玩笑，我不知這是不是玩笑升級版。

“我也同樣祈禱你能追得上，省得你老拿我開玩笑。”我答。

他呵呵呵地笑，讓人不明所以。

走出教堂，我們驅車往東，那裏有座瓦爾哈拉神殿，是為了紀念歷史上對德國有貢獻的名人而建，恍惚間，我彷彿來到希臘神廟。

由於館內的烈士我一個不識，花錢看他們的畫像或雕像感覺像把錢打了水漂（雖然那不過是兩瓶汽水的價錢）。話說回來，神殿及四周圍的風景還是很具可看性。

“已經下午一點半了，妳餓不餓？”Hans問我。

“早上吃多了，現在不餓，你呢？”

“本來想帶妳去吃豬肘，但時間上有點兒來不及，只能留到晚上再吃。如果妳願意，我倒是可以帶妳到公主咖啡館喝下午茶。”

公主咖啡館？這聽起來很夢幻。

“好，請帶路！”我笑嘻嘻地答。

第三十四章／命運

公主咖啡館是德國最古老的咖啡館，始於1686年。它的門面很小巧可愛（是女孩子會喜歡的那一款），一層賣各種手工巧克力、糖果、咖啡杯及小熊玩偶，二、三樓才提供座位。

我們踩著旋轉樓梯拾級而上，觸目所及是色彩鮮豔的壁畫，紅的紅、黃的黃、橙的橙、紫的紫，搭配深褐色原木及淡褐色地磚，視覺上的衝擊讓人彷彿打了雞血似的。

沒多久，服務員捧來我們要的咖啡及兩樣糕點（我點的是樹莓蛋糕，他點的是蘋果派）。

"好吃嗎？"Hans問。

"好吃，下層是餅乾胚，中間是軟蛋糕，口味偏酸甜，是我喜歡的味道。你的呢？你喜歡你的蘋果派嗎？"

"我是隨便點的，不知道它的肉桂味原來這麼重，"他停頓了一下，"妳喜歡蘋果派嗎？要不，我們交換著吃。"

在我看來，交換吃是情侶或閨蜜才會做的事，我和Hans還沒熟到那種程度。

"還是不要，你另外再叫一份吧！我買單。"我說。

"那倒不必，東西再怎麼不好吃，我也會把它吃掉，各人造業各人受，不是嗎？"

我以為"各人造業各人受"不適用在此場景，但看他又恢復以往的理智（與我保持距離），我決定不予置評。

吃完下午茶，我下樓停留在一層，不僅買了數十顆不同口味的巧克力（裝成四個禮盒），還買了一隻可愛的玩具熊，結賬時花掉五百多歐元。

走出咖啡館，我發現對街有個藝人正在拉手風琴，音樂像一汪清泉洗滌了我的心靈。

" Hans，你過去問他會不會拉教父的電影插曲 《Speak Softly Love》 ？"

" 幹嘛 ？"

" 你問就是。"

一問，那位留著卓別林小鬍子的街頭藝人果然會拉，於是我把50歐元放進他的琴盒裏。

你若問為什麼？反正我覺得此情此景很適合聽這首曲子。

一曲罷了，除了我給的50歐元外，那人又得到其他遊客給的賞錢。

我正要離去，卓別林叫住我，特別又為我演奏了一曲《Lemon Tree》。

" Super!" 我鼓掌。

當我又要掏錢，那樂手拉拉雜雜說了一段話，我一頭霧水。

" 他要妳別付了，這首是送妳的。" Hans翻譯。

於是我對他伸出大拇指，再向他揮手道別。那人竟然給了我一個飛吻，簡直滑稽透了！

上車後，我仍興奮不已，但Hans潑來一盆冷水，他說我給多了，打賞街頭藝人不過是一歐元的事，那人大概以為今天交好運，遇上了迪拜來的王妃。

"那也沒什麼不好，開心最重要。"我說。

"是呀！富人永遠不懂窮人的苦⋯⋯不對，我應該說妳懂得，所以出手大方。"

"話不能這麼說，"我解釋，但心裏並不愉快，"我偶爾才會出手大方，不是經常如此。"

"就想問妳一句，妳知道那隻小熊要價一百歐元嗎？"

"知道，怎麼了？"

"沒事。"他發動車子，"我們現在出發到Tempe Park，你姑姑的公婆就住在公園附近。"

Hans說由於德國的租房政策傾向保護租房者的利益，60%的德國人以租房為主。還有，德國人的個性普遍嚴謹，表現在住所上便是維持環境的干淨整潔，那些外表樸素老舊的房子，室內往往非常考究，而且放眼望去，井然有序。

話說至此，他的車子停在一棟人字形屋頂的房子前，面積雖不大，庭院也小，但窗台上有花，看起來很溫馨。

"到了？"我問。

"嗯！"他看了一眼車內的時間顯示器，"差十二分鐘四點。"

"So?"

"德國人很注重守時，遲到或早到都是不禮貌的，所以我們得待在車內等。"

我不禁哀嘆一聲。

"沒那麼誇張吧？和我在一起有這麼痛苦嗎？"

“知道就好。”

他沉默了一會兒，突然提起：“妳是第二個見過我裸體的女人。”

我紅了臉，但仍假裝不在意地問誰是那個倒霉的第一人？

“是我媽，她死了，我爸……也死了，直系親屬可說空無一人。”

本來我想倒打他一把，沒想到踢到鐵板。

“I'm sorry.”我不得不說。

“沒事。人生就是這樣，越用力越得不到，越得不到就越想要，好比我很想組建一個家庭卻不可得。”

我答他的人生還沒走到一半，怎麼就知道不可得？

“顧小姐說的是，想必妳也很想組建一個家庭吧？”

“當然，但前提是必須與自己喜歡的人一起。”

他又呵呵呵地笑，讓人很不是滋味。

“我說錯了嗎？”我反問。

“嫁給愛情當然好，但很多人都是嫁給命運。我不知道妳的命運是什麼，但我的命運是找到那個可以改變我命運的女人，然後讓她嫁給我。”

第三十五章/我醉了

我把包裝精美的巧克力和蜂蜜芥末醬送給第一次見面的人，那個老婆婆說了幾句後，讓開身好讓我們進屋。

"%#@$&......" 站在走廊上的老爺爺說。

" Ok." Hans答，然後轉向我，" 他說到Winterzimmer坐。"

Winterzimmer ？

後來我才知道那是陽光房，有天窗及大片落地玻璃窗，不僅採光佳，保暖效果也好。聽說很多外國人拿它當花房或書房，顯然Mr.and Mrs.Schneider 把它當作第二起居室。

坐下後，我的姻奶奶問我喝茶還是咖啡？由於剛喝過咖啡，我答茶。

Hans的答案跟我一樣。

寒暄過後，Hans提醒我：「現在換妳登場了。」

我清了清喉嚨，把肚裏早準備好的求情詞說出來，不外唇亡齒寒，如果他們願意撤訴，我負責讓姑姑也退一步，彼此都能海闊天空。

姻奶奶聽完，巴巴啦地說上一大段話，接著姻爺爺也發表意見，長到我以為他把所有的財產都分配完畢。

"她說……他們說……說……"

"你倒是快說呀！"

"我不知道能不能說，因為……"

"可以可以，"我猛點頭，"不論他們說什麼，你照著翻譯就是，不要有任何負擔。"

接著我便聽到一件匪夷所思的事，直呼不可能。

Hans以普通話安慰我："妳別往壞裏想，這是他們單方面的說法，也許Brigitte有另外的版本。"

說的也是。

"那你幫我問，如果姑姑真的有私生子，而且……而且間接氣死他們的兒子，結局除了對簿公堂外，還有沒有別條路可走？"

這次他倆的回答簡短多了，而且貌似同一口徑。

"他們答兒子沒了，至少錢還能撫慰在世的人。不諱言地說，他們大半輩子都過得緊巴巴，眼前的這棟房子還是租的，就算死前沒法兒用完那筆錢，捐給教會也好過給予不忠的兒媳婦。"Hans翻譯。

想到那是姑姑畢生的心血，若被迫捐給教會，她恐怕要徹夜難眠了。

～

"既然去過最古老的咖啡館，那麼再去雷根斯堡最古老的餐廳吃飯就完美了。"Hans說。

由於心中有事，我沒表現出太大的興趣，但還是發揮合群的精神，陪想吃的人去吃。

後來才知道Hans口中的這家餐廳就位於聖彼得大教堂旁，半窖式，服務人員都穿著巴伐利亞的傳統服飾。放眼望去，木質的座椅和昏暗的燈光的確很德國。

我們要了兩份豬肘和黑啤，豬肘皮脆肉嫩，搭配的酸菜很可口。特別值得一提的是他家的炸薯片，我第一次吃到和洋蔥一起炸的薯片，真是美味極了。

吃飽喝足後，我起身到洗手間"回應大自然的呼喚"（answer the call of nature，上廁所的意思），還再一次打給秦平，可惜依然無果，這可怎麼辦？

腦筋一轉，我接著打給老余，問他能不能上機場幫我接個朋友？

"恐怕不行，昨天妳姑姑洗完溫泉後竟然出現頭暈現象，一測是低血糖，而且接近危險數值，我看我得隨侍在側，以防萬一。"

"那是當然的，如果情況沒有好轉，請立刻通知我，我馬上趕回去。"

"知道了，妳自己注意安全。"

掛上電話，當我思索還能找誰幫忙時，那個混血兒的身影不偏不倚地浮現在腦海裏。

"Louis願不願意幫忙呢？"我邊想邊撥打。

手機那端的他一聽說我男友還在機場痴痴地等，笑不可仰。

"你不幫忙就算了！我掛了。"

"別......別掛！我幫就是，他叫什麼名字？"

"秦平，秦朝的秦，太平的平。他的班機應該在六個小時前抵達，由於聯繫不上，我也不知他身在何處。"

Louis答知道了，這件事就交給他，又問我在哪裏？

"我在雷根斯堡……出差，因為剛吃完豬肘，我正在洗手間剔牙。"

"那妳繼續剔，我去接妳男友。"

掛上手機，我鬆了一口氣，總算解決一個棘手問題。

回到座位，我發現Hans又叫來兩杯啤酒。

"還喝？我想回酒店了。"我說。

"別掃興，剛剛妳喝的是Einsiedler，這個是Kobrau，不一樣。"

我才不管，自己的酒量淺，再喝肯定醉。

為了讓我陪飲，Hans說如果我能喝完面前的這一杯，他就答應做一件瘋狂的事，哪怕要他裸奔也行。

"我才沒興趣看你裸奔，不過……為什麼姑姑的公婆會知道姑姑有個私生子？這事你清楚嗎？"

"我怎麼會清楚？倒是……"他特意看我一眼，"我知道怎麼讓案件反轉。"

"那你快說呀！"

Hans把啤酒往我的方向挪，示意我喝完。

我想了想，為了姑姑，只能豁出去了。

於是我一仰頭，讓泛著泡沫的金黃色液體順著喉嚨滑落下去。

"喝完了！"我喊，然後將杯底朝天以茲證明。

"走！我們回酒店。"Hans起身。

"不許走！你撒謊，你說要告訴我……告訴……"

"我沒撒謊，回去我再告訴妳。"

儘管我不想走，但身體好像不歸我管，Hans 很快架
著我離開。

第三十六章/鳳凰男

這家餐廳其實離酒店不遠，走個十幾分鐘就能到，但我走路不穩，Hans決定還是開車。

事實證明這是有風險的，因為上車沒多久我便搗住嘴巴喊：
"停車，我想吐。"

Hans趕緊路邊停車，但我試了又試，還是没能吐出穢物，梗在喉嚨裏更加難受。

"妳可以嗎？"他問。

"可以，你開車吧！"

到了酒店，Hans扶我下車，經過前台時，工作人員問了幾句。

我不知道Hans回答什麼，但我很難受，所以開口請求幫助。

" Help......Help......I need help." 說完之後，我歪倒在Hans身上。

接下來的事我不是很清楚，好像有人扶我回房，接著房間裏"人來人往"，等我再有知覺，已經是第二天近中午的時候。

"老天！我竟然睡了這麼久，怎麼Hans也不喊我吃早餐？"

我邊想邊拿起座機撥打，可惜無人接聽，只好下床找手機，這才發現Hans給我打來不下十通電話，另有兩通來自Louis。

"謝天謝地！妳終於醒了，趕緊到警察局幫我作證。"Hans急急地說。

"作證？"

"昨晚妳害慘我了，酒店人員誤以為我趁人之危，我因此在警局待了一宿。那幫洋鬼子真會折騰人，這不是我的地盤，讓我上哪裏找人擔保？只能期待妳這個受害人現身澄清。"

我一聽，內疚到不行。

"你等等，我馬上到！"我說。

酒店工作人員的英語還不壞（至少聽懂我那支離破碎的英語），幫我叫來出租車。

當我和"加害人"走出警局，Hans立即大吐苦水。

"對不起！"我對他行了個躬，"你怎麼罰我都行。"

他嘆了口氣，答："算了，這次妳欠我，下次我若需要妳，妳責無旁貸啊！"

回去的路上，我提起那個未兌現的承諾。

"妳喝多了吧？我什麼時候說過那樣的話？"

蒼天為證，他明明答應告訴我如何讓姑姑的案件反轉。

如同"你無法喚醒一個裝睡的人"一樣，我也無法說服一心想毀約的人。

"好吧！你不說也罷，山不轉路轉，我會讓姑姑的案件反轉，你等著瞧！"

話一甫歇，我的手機鈴聲響起，是Louis打來的。

"妳總算接聽了，就想告訴妳，我把妳男友接到我家裏，他就在我身邊，妳想和他講話嗎？"

有大半月沒和秦平聯繫，我有些膽怯，但仍"嗯"了一聲。

電話裏男友的聲音沒變，他告訴我在機場接機口等了好久好久，沒辦法，手機沒電等於寸步難行。

"你沒帶充電寶嗎？就算沒帶，機場也有插頭。"

"有人告訴我充電寶不能帶上飛機，還有，我忘了帶轉換器，這裏的插孔和國內的不一樣。"

我以為"久別重逢"會是"情話綿綿"，沒想到還是談論生活瑣事，難道我和秦平之間已經沒有了愛情，轉變成"老夫老妻"，這太可怕了！

"你......好嗎？"我問。

"很好，Louis的家很舒服，他的女友煎牛排給我吃，很美味，不失大廚的水平。"

"他的女友叫什麼？"我問。

"Floria。怎麼了？"

我答沒事，心想Louis怎麼還沒換女友？

"妳什麼時候回來？我......想妳了。"

這是通話以來，他第一次對我流露感情。我沒感動，反而心裏怨他在外人（Louis)面前說情話讓我難堪。

"我正在回蘇黎世的路上，大概晚餐前會到，你先打包好，我幫你找家酒店住下。"

"Louis說我可以住他家。"

"不許！"我調整一下自己的不耐煩情緒，"我和他不熟，你也是，不好打擾人家。"

我們又談論了一些雜七雜八的事才掛機。

"看來妳的男友該拉警報了。"Hans忽然說。

我問什麼意思？他答我的心已經不在秦平身上。

"胡說！我的心一直在他身上。"我停頓了一下，"你為什麼這麼想？"

"因為妳說話的口氣像母親對孩子……不，母親對孩子是包容的，而妳……倒像是面對上門的窮親戚，不好意思拒絕，但又非真心接納。"

Hans的話醍醐灌頂，我的確沒做好迎接秦平的心理準備。

"可能之前的磨擦在作祟，我還沒原諒他。"我解釋。

Hans問我和秦平為了什麼吵架？

"他以為我為了一本瑞士護照和洋人談朋友，又說他早該看出我的鴻鵠之志，否則不會對'拿拆遷款買房全家一起住'的想法推三阻四……"

"如果只是這兩個原因，我認為前者無非臆測，說到底只是缺乏安全感，後者才是主因，妳真的不願意和他的家人同住？"

"……嗯！老實說，我挺抗拒他的家人，最好一年365天都別見面。"

"那完了！秦平小老弟肯定要失去妳了。"

我問此話怎講？他答富家女和鳳凰男的結合最後都會敗在剪不斷理還亂的家庭關係上。

"你不也是鳳凰男？"我抓到把柄。

"但我不一樣，直系親屬沒了，旁系的也多年不往來。換言之，嫁給我的女人不用擔心被窮親戚給拖累了。"

的確，本來談戀愛是兩個人的事，只有風花雪月，但一論起婚嫁，本質就變了，秦平的家人一一介入，並對我們指手劃腳，讓人好不心煩！

"也許你是對的，但我對秦平還是有感情的。"我弱弱地答。

"那麼讓妳男友和我一起住吧！我可以順便替妳把把關。"

"不用了，他不見得想和你住。"

"妳何不親自問他？鳳凰男會為了省一塊錢而拼得頭破血流。"

第三十七章/深不可測

秦平一聽說兩星級酒店也要6o歐元一晚，直呼搶錢。

"瑞士的物價本來就貴，到超市買一罐可樂都要十多元人民幣，6o歐元的房費已經很低了。"我在電話中說。

"我看我還是住青年旅社好了，那個便宜。"他答。

我一查，是比較便宜，但也沒便宜多少，何況還得和人共用衛浴。

秦平因此沉默了下來。

不諱言地說，打從我和他交往以來，所有的費用都是AA，為了不增加男友的負擔，我從來不要求去高級餐廳吃飯，平常的娛樂也只限看看電影、壓壓馬路，因為秦平雖有獎學金，付完學費和日常開銷已經所剩無幾。他也不可能去打工，成績若下降，他的獎學金也會被取消，等於得不償失。

"等攢夠了錢，我們在市郊買一棟別墅，每天開著大奔上班。"他說。

日常生活中除了學習和談戀愛，能讓男友的精神為之一振的也只剩下規劃未來。每當這時候，秦平不再是那個有著中度近視的書蟲，他的眼睛閃著光芒，能夠一遍又一遍地述說考進四大會計師事務所後的美滿生活。

"衣服呢？"我問。

"衣服當然不能穿得寒酸，我們得買正裝，質量很好的那種。"

"週末上哪裏玩？"

"我們有車，想上哪兒玩就上哪兒玩。"

"年假呢？我可不想待在國內，那多無聊！"

"初級審計師有10天年假，高級審計師有15天，不管哪個，時間長得足夠買張機票出國轉轉。這件事就交給妳了，因為妳比我有經驗。"

我的確比秦平有經驗，因為家境富裕，大學還没畢業就已經旅游過許多國家。我也曾邀請男友隨行，他總推拖，我知道那是由於他囊中羞澀又好面子的緣故（花女人的錢無疑讓他認慫），所以我也不好勉強，只是萬萬没料到男友的第一次出國會如此倉促，這不在計劃內。

回到住宿問題，秦平一句不吭代表不論二星級酒店還是青年旅舍都大大超過他的預算。

"要不，你和我姑姑的員工擠一塊兒吧！他家客廳有張沙發床，不收房錢，你負責打掃衛生抵消掉。還有，你可以搭他的車進城，自己再想辦法回去。"

"搭他的車進城？他不住在蘇黎世？"

"蘇黎世的房租可貴了，他負擔不起，不過迪蒂孔也不遠，半小時的車程。"

秦平又沉默了，不過這次我相信他正在思考。

"對不起，"我懦懦地解釋，"也許我應該邀你住在姑姑家，但她的房子小，只有兩個房間……"

"不需要道歉，我可以睡沙發床，也可包攬所有的清潔工作，但不接受免費，每天我會付十歐元，補償給二房東帶來的不便。"

這就是秦平，絕不佔人便宜，我很慶幸自己沒看錯人。

"成，你盡快打包，我們大概兩個小時後抵達。"

"我們？"

"我和你的二房東一起……出差。"

"好，我等你……們。"

掛上電話，我望向Hans，他的嘴角浮現神秘的笑容，彷彿在說："看！我說的沒錯，鳳凰男就是這麼摳。"

"我的男友不摳，他說每天付你十歐元。"我主動聲明。

"這只能表示他有良心，不代表不摳。實話告訴妳，每個月我得上繳1800瑞朗給房東，攤在每日，換算成歐元便是60。當然，妳也別多想，我原本就當做好事，沒打算要他的錢。"

"放心，他一定會給，"我轉向車窗外，喃喃道，"你不收他也給。"

～

由於Hans的"不看好"，激起我的護犢之心，看見近一個月不見的男友，我忽略了曾有的不快，主動對他和顏悅色起來。

"你瘦了。"我說。

秦平摸摸自己的臉頰，答："可能考試太拼導致臉瘦，身體倒好，腰圍還和從前一樣。"

Louis插嘴要我放心，秦平吃的可多了，把他家準備食用的一個禮拜肉量全給消滅。

"你真吃這麼多？"我問秦平。

"嗯！飛機上的食物很難吃，再說中轉機場的食物也貴，就這麼一路餓過來。"他壓低聲音，"我說過要付錢，他死活不收。"

依據我的了解，Louis對食物的要求很高，蘇黎世就有幾家提供高級生肉的肉舖，秦平當真要付，那絕對會是讓他看了當場崩潰的數字。

我遂在男友耳邊低語："没事，改天我們請吃飯，那就扯平了。"

秦平顯得很高興，大概因為我對他做出親暱舉動。

"嘿！你們的悄悄話能留到私下無人的時候再說嗎？開了五個多小時的車，我累了，還得留精力開回家。"Hans說。

於是我們很快告別，我還說找時間請屋主人吃飯。就這麼湊巧，老半天不見人影的Floria此時赤腳走過來，腳趾上的鮮紅色指甲油看起來很刺眼。

"如果那時你還没換女友，也歡迎Floria一起來。"我補上一句。

Louis笑了，頗深不可測的樣子。

第三十八章/23歲的坎

晚上八點多，蘇黎世的多家餐廳已經不接待客人，但酒吧還開著，有的甚至一直營業到凌晨。

本來我想找家酒吧吃飯，但Hans說家裏還有幾尾蝦，再不吃就餿了。

秦平也發話：「Hans開那麼久的車，肯定累了，妳也是，明天我去找妳！」

既然這樣，我便在姑姑家所在的公寓前下車。

「回去我們再通電話。」我對男友說。

「好，妳……」

秦平話沒說完，Hans已腳踩油門而去。

好個沒禮貌的傢伙！

我氣不打一處來，但再一想，此處車子只能暫停三分鐘，也許摳門的Hans害怕交罰款，所以……

「算了，他也累了，任誰累了都容易做出令人討厭的事。」我心想。

〜

我沒讓電梯的彈簧門"響徹雲霄"，也沒忘了將電梯的內門和外門全拉上。想到姑姑若再收到兩封警告信就得上市政府說明情況，再怎麼著我也得戒慎小心，不是嗎？

剛把鑰匙插入鑰匙孔，老余便打開門。

"宛宛回來了。"他說。

"余叔叔，我還以為你已經回家了。"

"是……是該回家，這不是等妳嗎？怕妳忘了帶鑰匙。"

我進到屋內，沒看到姑姑。

"妳姑姑人不舒服，早早就睡。"老余解釋。

"噢！那我不吵她。"

老余接著問我吃了沒？我回答沒有。

"那麼我給妳下碗麵吧！要湯麵還是乾麵？"

"乾的吧！"

等我洗完澡出來，一碗海鮮炒麵已經做好了。

"余叔叔，誰嫁給你都會很幸福，光吃的就加分不少。"我狼吞虎嚥起來，同時沒忘了讚美廚師的手藝。

"妳真這麼想？那我放心多了。"

"放心？莫非……"

老余索性坐下，問我知不知道他和姑姑的過往？

"知道，你們以前是男女朋友，還曾有過一個孩子……"

"孩子？"老余驚恐萬分，"什麼時候的事？妳姑姑說的？"

該死！我怎麼把姑姑的秘密給說出來了？

"那個……那個……哎呀！讓我怎麼回答？我這個大嘴巴！姑姑若知道了，肯定恨死我了！"

"宛宛，妳別怕，我不說是妳說的就是，快告訴我那個孩子現在在哪裏？"

"好像……没了，因為……因為你另娶，姑姑太過傷心，所以……"

老余聽完，很是哀戚。

"你也別怨姑姑，當時她不過是個不富裕的留學生，你讓她怎麼撫養一個小孩？"我說。

"我没怨她，是我錯了，我對不起她，也對不起那個逝去的孩子，如果……也許他已經娶妻生子了。"

我告訴他那是個女孩。

"女的……"他喃喃低語，"我猜想她會是個漂亮女生，算一算，如果還在，她應該已經23歲了。"

"你說什麼？"我停止吃麵，"23歲？"

"没錯，和妳姑姑在24年前分手，從懷孕到出生不也得九個月？"

～

不可能的！絕對不可能！

我急得在房間內來回踱步，如果不是時差問題，我肯定打回北京求證。

就在心情不平靜的情況下，我忽然想起了秦平，對，他肯定能替我分析分析。

二話不說，我用微信發起通話。

"宛宛，我待會兒打給妳，油鍋正熱著呢！"秦平答。

171

“怎麼是你煮？Hans呢？”

“他洗澡去了。”我聽到手機那端傳來熱油在鍋裏沸騰的聲音，“誰煮都一樣，我不也要吃？”

“好吧！你空下來的時候再打給我。”

沒想到這一等等到午夜過後，我也因白天坐了好幾個小時的車，很快便睜不開眼睛。這一睡竟然睡到日上三竿，我還是被手機鈴聲給吵醒的。

“宛宛，這是我的手機號。”秦平說。

“你買電話卡了？”我睜開惺忪的雙眼，“是Hans幫的忙？”

男友答Hans很早就出門，出門前也沒喊他，是他自己找到火車站，然後坐火車來到蘇黎世。 由於短途車票只要2.6瑞郎，他選擇坐到Sihlquai，下車後看到電訊店有賣電話卡，於是買了一張。

“你一個人搞定這一切？太了不起了！”

“也沒什麼，為了省錢不得不硬著頭皮請教人。多問幾個後，我也精了，專挑學生長相的問，他們大多懂英語，也不太會拒絕人。”

我挺開心自己的男友很獨立，第一天就解決交通問題，還買了電話卡。

“宛宛，妳能出來一下嗎？我有事問妳。”他說。

我正好也有事問他。

“行，我上哪裏找你？”

“我現在在瑞士國家博物館內，門票10瑞朗，給歐元竟然要12歐元，找零還給瑞朗，這太虧了！早知如此，直接在國內換瑞朗比較划算。”

秦平抱怨著幾塊錢人民幣的差異，在我看來很不可思議。

"沒關係，你把手上的歐元給我，我跟你換，反正旅遊時用得上。"

"算了，這麼貴的國家我是不會再來第二趟，用不完的歐元回國後剛好可以換回人民幣。如果手握瑞朗就換不回來了，因為當初我換的是歐元，有收據證明。"

我有太多問題想問，包括他打算待在瑞士幾天？手裏有多少歐元？依據我的判斷，他能不再取錢就已經很不錯了，遑論回國換回人民幣。

然而最終我還是決定不打擊他，等他自己覺悟。

"那麼你待在館內，我過去找你。"我說。

"好的。"他答。

第三十九章/打腫臉充胖子

掛上電話，我忽然想起父母，現在是北京的下午五點，時間剛好，只要他們否認，我便可以安心，但……如果結果恰恰相反呢？我不認為自己有勇氣面對。

想來想去，仍沒理出一個頭緒，我決定還是先"按兵不動"。

走出房間，老實說我的內心有點兒忐忑，萬一遇到姑姑和老余，我該如何應對？

還好屋子裏空蕩蕩的，那兩人皆不在，他們去了哪裏？

答案很快揭曉，我看見廚房案上有張紙條，上面寫著：**烤箱裏有豆腐腦和燒餅，妳姑姑牙疼，看牙醫去了。**

這真出乎意料，我以為姑姑的血糖又升起，結果卻是牙疼。

等我把還溫著的豆腐腦及燒餅吃完，時間已經過了正午。為了不讓秦平久候，我決定打車前往約定地點。

瑞士國家博物館的外觀有點兒像電影《哈利波特》中的魔法城堡，展品從宮廷到民間，時間則從中世紀到現代。館內分為四個區域，第一區域展出瑞士最早的城堡及抵禦外敵的作戰模型；第二區域是宮廷房間；第三區域是藝術品展示；第四區域是生活區。

我在生活區找到秦平。

"妳看那張嬰兒床，上面的被子怎麼翻也掀不掉，跟我小時候蓋的有異曲同工之妙，看來我媽真是心靈手巧。"

"是呀！可惜……"我急踩剎車。

"可惜她只是個農婦。"秦平把話接下去。

此時我應該嚴加否認，但否認不了，我的確那樣想。

我的沉默無疑作實男友的猜測，他繼續將矛盾擴大。

"這就是命運！好比我姐，如果不是小時候延誤送醫，她現在大概也開始回饋家庭，而不是成為負擔。"他說。

"你家就是這個條件，改變不了什麼，現在說這個有意思嗎？"

"我家的確就是這個條件，如果能選擇，我會選擇誕生在不用奮鬥三十年的家庭，問題是無法選擇，我只能努力將手中的爛牌打好。"

我也曾想過，如果秦平的原生家庭沒有拖累他，他肯定比現在更具競爭力，也許……也許他就看不上我了。

"平，我不是不知道你的難處，但現在事情有了變化，我們……我們得好好商量一下。"

他問什麼變化，聲音是顫抖的。

我告訴他，姑姑需要我，我得待在瑞士一段長時間。

"我難道不需要妳？妳也知道我不可能遠遊，我父母還需要我養老送終。"

"這就是問題癥結所在，要不你來我這裏，要不我去你那裏，"我思考了一下，決定將事情說開，"我的依親簽證下個月會辦出來，收養手續也在進行中，順利的話，明年年初我便是姑姑法律意義上的女兒，她打算把她的公司逐步交給我經營。」

秦平一邊笑一邊搖頭。

「你怎麼了？」我有不祥的預感。

「回答我，如果我是名門望族的後代，結果會不會有所不同？」

「如果你是名門望族的後代，大概……大概會成為小留學生；你也不用特別照顧你父母，他們能自行解決養老問題，我們……我們的世界也會相對輕鬆很多。」

他聽完後，呆若木雞。

我感到內疚，懦懦地解釋：「很抱歉我沒法兒用更婉轉的方式表述，如果不是尚有感情，我也不致於糾結。我希望我們一同面對及解決問題，而不是窩裏反。」

「妳無需道歉，是我不好，讓妳不知所措。妳說的對，解決問題要緊，但……急事緩辦，讓我好好想一想再回答妳。」

本來我打算把心中疑問告訴男友，讓他替我拆一拆，現在「天不時、地不利、人不和」，我只能將話吞下。

「你吃了嗎？如果沒有，我帶你去吃好吃的。」我提起精神說。

「好，這是我第一次在蘇黎世外食，請帶路。」

知道秦平節省的個性，我特意帶他到離中央火車站不遠的一個小弄堂吃意大利麵。秦平一看餐廳的外表樸實無華，露出欣喜的笑容。

「怎麼知道這家店？妳來過？」他問。

「沒來過，只是聽說這裏的東西好吃，所以過來一試。」

服務員給我們德文菜單，還好有圖片，不難理解。

"怎麼沒標價錢？"秦平壓低聲音問。

我的心因此喀噔了一下，通常價昂的餐廳是不標價格的。

"不知道哪！反正到時付費就一目了然了。"我四兩撥千金地答。

和傳統的意大利餐廳一樣，他家提供餐前麵包，沾上橄欖油食用，很是開胃。

等了約莫半個鐘頭，我們點的東西終於上桌。我的是檸檬奶油鮮蝦意麵（自己看圖猜的），蝦很新鮮，檸檬的酸味剛好中和奶油的膩；秦平點的是海鮮意麵，很大一盤，有魷魚、大蝦、青口……等，配上蕃茄醬汁，看起來很爽口。

吃完正餐，我問秦平吃不吃甜品？

他望向隔壁桌的提拉米蘇，回答："不吃。"

於是我只叫一份提拉米蘇，吃了幾口後，我佯裝吃不下，好讓節儉的男友全掃進肚裏去。

賬單呈上後，秦平睜大眼睛問我是不是搞錯了？

我也覺得貴，兩盤意麵就要78瑞朗，提拉米蘇22瑞朗，加上10%的小費，一餐就花掉八百多元人民幣。

"這是我媽一個月的買菜錢，"秦平邊說邊掏出60歐元給我。

我把他的錢推回去，說這餐我請。

"輸人不輸陣，"他又把錢推還給我，"錢不夠，大不了再取。"

什麼叫"輸人不輸陣"？

我把上升的怒火壓下，匆匆付完費後，我悶不吭聲地走出餐廳。

"妳怎麼了？"他問。

“我累了，想回家。”

“這麼早？”

“嗯！”

男友提議送我回家，我回答免了，自己打算打車，沒力氣走路。

他欲言又止，最後默默走開。

“顧宛宛，看妳幹的好事！這就是妳對待男友的態度？”

“他不也陰陽怪氣的？沒錢還打腫臉充胖子，付了又不甘心，他沒理由壞了我的心情。”

“妳也不想想他遠道而來又人生地不熟的，被妳冷暴力後，他的失落可想而知。”

想至此，我追了上去，也不知他彎到哪裏去了，反正人來人往，無一是男友的影子。

我正要打電話給他，一個熟悉的聲音叫住我:“顧小姐，妳怎麼在這裏？”

原來是Louis。

“我……我正要回店裏。”

“那正好，我想買點兒魚子醬，我們一起走！”他說。

第四十章/免死金牌

店裏沒有Hans的身影，我只好喚來冰山美人。

幾番對話下來，Louis表示想試吃，Gaby讓他先買小樣（從肢體語言中意會出），被我給制止了。依據我對Louis的了解，他很捨得為自己花錢，果然......

"你買這麼多，想開魚子醬派對嗎？"我問。

"嗯！給Floria一個小驚喜。"

"Floria? 她還是你這星期的女友？"

"哈哈！她已經當我的星期女友當了兩年多了。"

我這才發現自己上大當了。

"Very funny." 我說。

"妳的星期男友呢？他好嗎？"

"很好，不久前我們還一起吃飯，現在......他回迪蒂孔......他和Hans住一塊兒......你記得Hans吧？你倆在洛桑的Beauté Palace酒店見過面。"

Louis答記得，只是為什麼他們兩人住一塊兒？蘇黎世有很多酒店和短租公寓。再說，他也曾邀請秦平同住。

哎！說來話長。

本來我只想述說我和男友在金錢觀上的差異，可是越說越覺得委屈，憑什麼我得降低自己的生活水平去遷就他？他就不能好好努力一下來達到我的水平？

"妳還愛他嗎？"Louis突然問。

我思考了一下，很誠實地回答："如果還愛，愛的成份也逐漸下降中。"

Louis沉默了。

"你是不是認為我是個壞女人？"我問。

"壞女人？"他笑了，"沒那麼嚴重。愛情這東西勉強不來，如果不開心就分，沒什麼大不了的。"

"你真這麼想？"

" 是的。實話告訴妳，我辦的魚子醬派對就是分手派對，酷吧？"

回到家，姑姑和老余還和從前一樣，不，兩人更親近一些，我尋思該不該把這份平靜打破？

是的，我是一隻把頭埋進沙子裏的鴕鳥，彷彿只要我不點破，這世界還會像我想的那樣美好，所以當秦平打電話過來時，我再次把鴕鳥精神發揮到極致，彷彿之前的種種不愉快一筆勾銷，忽略了我們的關係已經岌岌可危。

"你後來去了哪裏？"我問。

"隨便走走，發現一家中國超市，我進去買了麵條、牛肉和青菜，連Hans都誇我煮的牛肉炒麵好吃。"

看他和二房東相處得很好，我也放心了，接著問他哪天走？

"還有五天，"他停頓了一下，"我原本期待妳能跟我一起回國。"

"可是......"

"我知道，也許等我想到如何解決異地夫妻的問題再說。"

"那個......"我還是鼓不起勇氣，"好，我等。"

這真是一件奇怪得不得了的事，我和秦平被邀請參加Louis和他女友的"分手派對"。

"這要擱在中國，簡直離經叛道得可以！Louis也真是的，Floria挺好的，為什麼要分？那洋女人也傻，被甩了還很高興的樣子。"秦平說。

我望向盛裝出席的人們，Floria無疑是當中最閃亮的，她身穿紅色絲質吊帶裙，臉上畫著精緻的妝容，正巧笑倩兮；Louis也是，西裝筆挺兼氣宇軒昂。怎麼看，這倆口子配了一臉，不像"非分不可"的樣子。

"哪一天我們也來開分手派對，好不？"我說。

"別開玩笑，我生氣了。"

秦平是真的生氣，臉色鐵青，看著挺嚇人的。

"我幫你拿吃的過來，你還沒嚐過姑姑家的魚子醬。"我找了個藉口離開。

Louis家的長條桌上除了魚子醬，還有很多高擋的小食，譬如Delafee的松露巧克力、純天然的果凍豆、附上可食金箔的紙杯蛋糕、巴掌大的海鮮生蠔......等，每樣我都取一個。

"秦平怎麼不過來？"Louis走到我身邊問。

"他......"我望向站在屋子角落的男友，"他害羞。"

“這可不行，社交很重要。”

“你饒了他吧！德、法語不通，英語也講得坑坑巴巴的。”

“妳不也是？我看妳就適應得很好。”

真是一語驚醒夢中人！

我和男友的不同不止在於家境，尚包括衍生出來的種種問題，譬如當我面對奢華場景時能很快處之泰然，秦平不一樣，他如坐針氈，像一隻土狗突然闖進孔雀堆裏。

“Excuse me.” 我離開Louis回到秦平身邊，並把手中的盤子遞給他。他也不客氣，每樣都嚐了。

“這些東西看起來好吃，其實都不合我的口味，尤其魚子醬，除了鹹和腥，我嚐不出什麼，還是炒飯和炒麵好吃。”

秦平說的是大實話，但此情此景我做不到共情，反而為男友的無法融入而感到汗顏。

“這世界不光只有炒飯和炒麵，你也應該嚐嚐別的，否則就落伍了。”我冷冷地說。

“呵呵！我有中國胃，別的可以將就，這個不行。對了，什麼時候可以走？這一屋子的人我大多不識，多彆扭！我們還是趕緊走吧！”

Louis一聽說我們要走，很是詫異，他表示待會兒還有節目呢！

“不了，秦平不那麼enjoy it。”我望向站在門口的男友，他一副歸心似箭的樣子，“謝謝你的邀請，請幫我向Floria致歉。”

離開Louis家，我才讓按捺已久的火山爆發。

“妳什麼意思？我讓妳丟臉了？”他問。

“難道不是？一屋子的人就只有你躲在角落，難道你想離群索居？”

秦平答他没打算離群索居，但為什麼非得和第一次見面的人打成一片不可？

他的問題讓我一時語塞，我以為不熟也能做到"打成一片"。

"好，我道歉，這事不提了。"我主動息兵罷戰，但秦平没放過我，他說我變了。

我變了嗎？或許吧！經過這些日子的分隔兩地，我的世界開闊了；反觀秦平，他的小池塘並没有加大，這讓待在裏面的我感到窒息。

"人肯定得變，你能說四年前的你和現在一模一樣嗎？"我問。

"若拿四年前和現在比，也許我的頭髮顏色變了，也許我的體重增加了，也許我的吃飯速度加快了，但……愛妳的心一直没變，妳呢？妳還像從前一樣愛我嗎？"

"我……我……我可能……"

我話還没說完，秦平用嘴堵住我的唇，那樣的急切，像用盡了全身的力氣，如果不是不小心咬到我的舌頭，他恐怕還得繼續。

"對不起，宛宛。"他說，很內疚的樣子。

我答没事（雖然口腔裏明明有血腥味）。

"要不要上醫院？"他關心地問。

"說了没事，你就別再糾結了。"我思考一下，隨即有了主意，"你送我回家吧！我把你介紹給姑姑。"

秦平聽完很開心，像得到一塊免死金牌。

第四十一章/風帆之旅

姑姑看到秦平很是客氣，那種客氣像在冰窖內吃冰淇淋，冷得讓人直打哆嗦。

"秦平的在校成績可好了，年年拿獎學金呢！"我趕緊捧來一盆火救急。

"沒什麼，拿獎學金的人多了去，我不是最出色的。"

沒料到男友的自謙給了姑姑可以鑽空子的機會。

"宛宛我從小看到大，跟自己的親閨女沒兩樣，我希望她的另一半是最出色的。"

老天！這豈不是將人往死裏整嗎？

"呵呵！我自己也沒多出色，人還是得有自知之明。話說回來，太出色的人恐怕也看不上我。"我出手相救。

姑姑隨即對老余使了個眼色。

"宛宛，今晚吃蝦，妳能幫我剝蝦殼嗎？"老余對我說。

這也太明顯了吧？！

"我不太會剝蝦殼哪！"我答。

姑姑睨了我一眼，要我跟老余進廚房學做菜，都已經23歲了，連個蛋炒飯也做不了。

這未免太誇張，別的不說，蛋炒飯我還是拿得出手的，只是……

看老余一臉震驚，我停止貧嘴，拉著他進廚房。

"蝦在哪裏？"我以高亢的聲音問。

"在水槽裏，宛宛，妳……"

"余叔叔，這蝦好大啊！是今年以來我看過最大的蝦，你在哪裏買的？"

"在Coop買的，宛宛，妳……"

"哎呀！這蝦殼要怎麼剝？你趕緊教我呀！"

老余走過來拉我坐下。

"宛宛，我們談談。"他嚴肅地說。

哎！該來的還是躲不掉。

雖然老余的疑問也是我的疑問，我卻下意識去否認。

"不可能的，你想多了，任何人看到我都說我和父母長得相像。再說，鐵樹都能開花，兩個女人在同一時段裏懷孕太正常不過了！"

也不知道老余是否被我說服，反正這件事被他擱下，他轉問我和秦平有沒有結婚計劃？

"他父母打算拿到拆遷款就上門提親，那筆拆遷款就當作首付，讓我和秦平在北京買個房，然後……然後全家一起住。"

"全家？意思是和妳未來的公婆同住？"

"嗯！還有秦平的姐姐，她……小時候燒壞了腦子，智力相當於六歲孩童。"

老余長嘆一聲，我也陷入無盡的迷茫之中。

"那……我教妳剝蝦殼吧！"他說，大概為了活絡氣氛。

實話說，為了免去剝殼的麻煩，我到現在還未吃過皮皮蝦，經他這麼一調教，我才發現剝殼原來如此簡單，一根筷子就能搞定。

等我剝好蝦殼再洗淨手，秦平已經離開了。

"那孩子說有事得先走一步，晚點兒他會打給妳。"姑姑解釋。

我問她跟秦平說了什麼？

"我告訴他，妳是O-One未來的老闆娘，還得替我養老送終，回國居住是不可能的了。如果願意，他可以幫著一起撐起O-One，薪水不會低，但也只是這樣，到頭了。"

我知道秦平的豪情壯志跟魚子醬沒有半毛錢關係。

"今天余叔叔煮蝦蒸蛋，蝦殼是我剝的。"我轉話題。

"真的？那麼待會兒我嚐嚐。"姑姑答。

晚上十點，秦平打來電話，問我何時辦"分手派對"？

"你別胡思亂想，姑姑不過是替你分析情勢，與其旁敲側擊，倒不如一針見血。"

"她的確是彈無虛發啊！三兩句話就讓我意識到自己的卑微和不足，真要感謝她了。"

我要他別那麼陰陽怪氣，我不喜歡。

"那好，我不拐彎抹角，下禮拜三早上十點十分，我坐卡塔爾航空的飛機飛回北京。妳要嘛跟我走，要嘛我們就分了，看妳決定。"

“我……”

然後我聽到嗑的一聲，秦平又掛我電話。

好個沒禮貌的傢伙！

我在房間內來回踱步，心情混亂到了極點。

“嘟……嘟嘟嘟……”

哼！果然還是打來求和，看我理不理你！

就在響了第八聲時，我接聽了。

“妳在哪裏？”Louis問。

“原來是你，”我很洩氣，“我回姑姑家了，有什麼事？”

他告訴我今天開完派對很失落，Floria很可愛，可惜了……

“你是不是反悔了？如果是，再開個‘復合派對’得了。”

“沒反悔，Floria是百分百女孩，但現在我遇上百分之兩百的女孩，只好對不起她了。”

“百分之兩百？這還是人嗎？”

Louis笑岔了氣，說我真幽默。

“好了，幽默的人現在累了想睡覺，你還是趕緊講重點吧！”

於是他告訴我明天打算駕風帆找塊風水寶地，問我要不要跟著一起去？

“你媽的骨灰還在？”我在記憶裏搜尋，“不對，今天我沒看到那個白色盒子。”

“我怕客人問起，所以提前把盒子移到我的房間。怎樣，想和我一起去嗎？我歡迎秦平加入。”

想到那個沒禮貌的傢伙，我不假思索便將他除名。

“那好，明天早上我去接妳，記得擦防曬油及帶上一件薄外套。”他叮囑。

“没問題，明天見！”我答。

“没問題，明天見！”我答。

第四十二章/打賭

Louis租的是小帆船，比單人帆板大了三倍，可以同時坐上四、五個人沒問題。

"如果可以的話，我更鍾意租大帆船，但大帆船需要主帆手和撩手配合才能及時升降風帆，妳恐怕不行。"他說。

其實我對帆船的大小沒意見，能替Louis的母親找到理想的歸魂處才是最重要的。

我拿起望遠鏡四處搜尋。

"打個賭，再過半個小時妳會全身濕透。"他又說。

此時艷陽高照，我不認為半小時內會下大雨。

"好，"我放下望遠鏡，"賭什麼？"

"賭心事，誰輸了，誰就得告訴對方自己的心事。"

"如果沒心事呢？"

"算了吧！妳肯定有，我一眼就瞧出來了。"

是嗎？我這麼藏不住心裏事？

"賭就賭，賭輸了你可別反悔。"我說。

小帆船在藍綠色的湖水上載浮載沈，沿岸小山環繞，鬱鬱葱葱的樹林間屹立著一棟棟美麗的建築物，有小巧可愛的木屋、尖塔入雲的教堂、頗具年代的城堡......加上清澈的湖水及點綴其間的遊船和飛禽，像極了世外桃源，直到......

"這是怎麼回事？"我問。

眼前有一段木橋連接東西兩岸，橋墩不高，換言之，我們的小帆船根本過不了。

"那是連接拉珀斯維爾和赫登之間的木橋，很壯觀吧？！"Louis答。

"問題是我們要如何穿越？"

"不穿越，"他把船錨拋入湖中，然後把一個貼身防水包繫在腰上，"妳該不會是旱鴨子吧？"

"當然不是，可是......"

我話還沒說完，Louis已經噗通一聲跳入湖中。

"喂！你幹什麼？"我喊。

他露出水面，答，"我上岸逛逛，妳來不來？"

我不過是躊躇了幾秒鐘，他竟然捨我而去。

"喂！等我呀！"

看他奮力游向左手邊，完全不理會我。我急了，噗通一聲也跳入湖中。

"該死！這水也太冷了吧？"我心想。

等我上了岸，Louis立馬遞上一杯熱茶。

"你夠狠的，把我一個人丟在船上。"我邊抱怨邊喝起茶水，這茶簡直就是救命良藥，我的全身頓時暖和起來。

Louis没有對自己的行為道歉，反而表示人生偶爾不按理出牌才酷。

講到不按理出牌，那太容易了。

我把喝完的紙杯遞還給他。

“幹嘛？”他問。

“你去舀一杯湖水上來。”

說完，我將他推入湖中。

“宛宛，”他從水裏冒出頭來，“妳有病是不是？”

我笑得像個瘋子，並且未雨綢繆地站在安全地點，還好Louis上岸後沒有以牙還牙，否則這場遊戲得沒完沒了地進行下去。

“這裏是拉珀斯維爾，”他頗為大度地介紹，“素有‘玫瑰之城’的雅號。”

玫瑰之城？我表示如果是月季之城就好了，玫瑰的香味太過濃烈，我不是很喜歡，我喜歡月季多一些，尤其是藍色月季。

我看見Louis的臉色有異。

“你怎麼了？”我問。

他用力眨一下眼睛，回答沒什麼。

沒什麼就是有什麼，但我不知從何問起。

“我們到山上城堡逛一逛吧！估計下山時衣服也乾了。”他說。

這倒是！我得感謝今天的天氣炎熱，否則回家準感冒。

通往山上城堡的台階有兩段，呈環抱狀，中間有個小小的假山洞。拿歐洲眾多的城堡來比，拉珀斯維爾的城堡顯得很一般，若說有什麼奇特之處，大概就是院子裏的收集雨水裝置吧！它猶如一把倒扣的透明傘，夏天可以遮陽，雨天則起到收集雨水的作用，非常環保。

我站上城牆，把四周的湖光水色都盡收眼底。

"宛宛，到這邊來。"Louis向我招手。

我走過去往下一探，那些整整齊齊的幾何狀灌木分明是玫瑰園。

"太美了！"我讚歎。

"我們下去看看。"

"可以嗎？"

"當然可以。"

於是我看到一朵朵爭相怒放的花朵，美則美矣，但它們不全是玫瑰，當中也有月季和薔薇。

Louis說我好眼力，西方人把玫瑰、月季和薔薇都稱為Rose。

原來如此。

下山後，就在靠近湖水的小徑上竟然被我發現藍色月季，那高興不在話下。

"看，多漂亮！可是......"我停頓了一下，"這花是人工染色後的產物，怎麼會在這裏出現？"

"也許是某個思念母親的人種下的。"他答。

某個思念母親的人？我問該不會是他吧？！

Louis承認的確是他，並且做出解釋："我母親生前最愛藍色月季，幾天前我終於收到從荷蘭訂購的花，原本想著將母親的骨灰和花一同拋入湖中，可惜地點遲遲未定，我又怕花謝，所以將它種在此處。沒想到幾天過去了，它依舊盛開著，更沒想到的是還被妳發現，所有的湊巧都趕在一塊兒了。"

"也許這是命中注定。"我喃喃道。

"是的，命中注定我們相遇，同時讓我......遇見百分之兩百的女人。"

"你......你是認真的？"

"没有任何時刻比現在更認真的了。"

因為太過震撼，我的腦子一片空白，最後問了一個奇怪的問題："為什麼是我？"

Louis笑了，他說這個得問他媽。

"你媽？什麼意思？"

"我媽曾說過我這個人太吹毛求疵，只有像璞玉一樣的人才會入我眼，而妳正是那塊璞玉，非常質樸。當妳男友出現時，我告訴自己得做點兒什麼，否則會遺憾終身。"

Louis說的對，我没有那麼多花花腸子，那是因為我的人生順風順水，除了選擇一個鳳凰男和父母的意見相左外，基本要風得風、要雨得雨，那又何必算計別人？

"你也知道我有男友了，他......他約我下星期三走。"

"妳的意思是......"

"我還没決定，他是個好人，我不想傷害他。"

"這就是妳的心事？"

我想起不久之前下的賭注，真是的，我竟然賭輸了。

"不止這個，我還懷疑......懷疑姑姑及老余才是我的親生父母。實話告訴你，我很害怕，害怕自己是個私生子，這挺不名譽的，同時也是一種欺騙，被最親近的人欺騙，這種感覺很不好受。"

Louis說他能理解，但人太過精明未必全是好事，好比O-One的官司，Mr.and Mrs.Schneider 原本就懷疑Brigitte出軌，如果這時我跳出來擾亂，無疑雪上加霜。

"你的意思是我得假裝什麼事都沒發生？"

"我的意思是不管真相如何，妳是被呵護長大的，這個已經足夠，該糊塗時還得裝糊塗。"

我問這包不包括我對他的感覺？

"妳不裝糊塗我也明白妳的心思，我不打沒有勝算的戰役。"

這人到底是怎麼回事？未免也太自負了！

"抱歉，你輸了，我對你沒感覺。"我冷冷地說。

"那麼再打個賭，我賭妳下星期三不會上飛機，同時在那之前妳會承認對我有特殊的感情。"

我沉默了，因為我的第六感告訴我這是個陷阱。

"妳不賭也行，沉默也算是一種態度。"

他的老神在在徹底激怒我了。

"好，賭就賭。如果我輸了，我們正式交往；如果你輸了，我也不要求什麼，就把你那棟位於公墓旁的房子過戶給我吧！"

Louis愣了一下（大概好奇我為什麼會對一個破爛房子感興趣），最終仍接受這個賭注。

第四十三章/百思不解

拉珀斯維爾的老城區不大，我們沿著彎彎曲曲的小巷前行，順便欣賞兩旁的民居，它們大多是中世紀時期的產物，由石頭砌成，雖然老舊，但有美麗的花朵點綴，增添了幾許浪漫。

"這是什麼？"我指著地上的兩朵紅玫瑰，它們被崁在石板路上。

"那是城徽，不止石板路上有，如果妳留心觀察，它會以一種出乎意料的方式出現。"Louis答。

果然我在教堂的牆壁及某些建築物的鐵柵欄上都發現它的踪跡。

老實說，這兩朵玫瑰的造型像是兒童的塗鴉作品，初看有點兒土氣，但越看越順眼。

"妳是不是想著倘若城徽是藍色的該有多好？"Louis問。

"藍色讓人沉靜，你不這麼認為嗎？不過我剛剛想的不是城徽，而是如果能夠誕生在這樣的小城，不曾見過外面的世界，一輩子就這麼簡簡單單地度過，應該是件非常幸福且美好的事......"

炎炎夏日，大人小孩都湧向湖邊盡情嬉戲，那歡樂的笑聲適時掩蓋我和Louis之間的沉默。

"我說錯什麼了嗎？"我問。

"沒有，妳什麼都沒說錯，相反的，妳的話語觸碰到我的內心深處。實話告訴妳，我也嚮往簡單的生活，但身上背負的東西太多，我已經很久沒有真正放鬆過。"

他的壓力，我懂！

我默默走向附近的草坡，並且出其不意地躺了下來。

"妳這是幹嘛？"他問。

"你也躺下，聽風都說了些什麼。"

他遲疑了一會兒，還是躺下。

我們就這麼邊聞著青草的芳香邊仰望藍天白雲。

約莫十幾分鐘後，Louis問我風說了什麼？

"風說雲是動的，而且變幻莫測，剛剛還是一尾小金魚，現在已經成了虎頭鯊。"

"呵呵！我聽到的不一樣。"

"那麼說來聽聽。"

"它說我已經迷戀上一個藍色仙子，再也回不去了。"

這樣的情話任誰聽了都會小鹿亂撞。

"我餓了，哪裏有吃的？"我說。

"原來仙子也會肚餓，"他坐起，"我知道哪裏有吃的，瑪格麗特披薩愛吃嗎？"

～

姑姑知道我一整天都和Louis在一起，很是高興。

"那孩子很有禮貌，不論學識和人品都無可挑剔。"姑姑說。

"没錯，Louis挺好的，你倆很般配。"老余接棒。

我記得老余對Louis的第一印象並不好，給他取了個"高傲王子"的外號，怎麼現在180度大轉變？

老余答第一印象不好並不代表一切，第二印象還是有可能反轉。

"第二印象？你們約了見面？"我問。

"没有，是在路上巧遇的，他主動跟我打招呼，還請我喝Rivella。"

Rivella是瑞士的國飲，喝起來酸甜可口。它的成份很特別，是用礦泉水、植物香精和乳清混合而成，又叫牛奶汽水。

"原來余叔叔被一瓶牛奶汽水給收買了，這未免也太便宜了吧？！"我笑說。

"哎呀！還真是，"老余作惱怒狀，"下回得讓他請吃大餐！"

我和姑姑聽完大笑不已。

在笑聲中，我不免有些感傷，和秦平來姑姑家做客的情況相比，Louis明顯更受歡迎。

"宛宛，明天我打算到植物園走走，妳也一起來。"姑姑說。

明天？明天Louis約我再一次上船，因為我們彼此都認為把骨灰灑在拉珀斯維爾附近再合適不過，一來這裏風景秀麗，遊客也没那麼多；二來湖面上没有會吃骨灰的天鵝；三來這是他向我表白的地方，有特殊意義。

姑姑見我面有難色，問我是不是有約會？

"嗯！"我點頭。

"取消吧！他無法給妳妳要的幸福，還是就此打住。"

等姑姑知道我的約會對象不是秦平，而是Louis時，態度立馬180度大轉變。

"去吧！晚上不回來睡也是可以的。"她說。

我的老天！這是什麼意思？我可不是花痴！

"姑姑，妳誤會了，我和Louis有正經事要辦，不是男女間的那種約會。"

"如果妳指的是和PTP簽合同，那是後天，不是明天，別搞混了！"

什麼？！這麼快就簽合同？與那個爪哇人見面好像是沒多久以前的事。

姑姑答她後來又和對方通了幾次電話，既然談得投機，這事就沒必要再拖下去，所以派我去簽合同，而我方的律師代表便是Louis。

我再一次受驚嚇，姑姑毫不掩飾對Louis的信賴和喜愛。他究竟施了什麼魔法？我百思不得其解。

第四十四章/現形記

還是那艘小帆船。

當船在離木橋不到一百米處停下時，Louis說：“就這裏了。”

“等等。”我將身上的白襯衫和短褲都脫了，露出裏面的三點式泳衣。

他問我想幹嘛？我答等我一下。

說完，我噗通一聲跳入湖中，背上則背著一個防水背包。

等我游回來，Louis問我幹什麼去了？

我沒回答，邊把背包遞給他邊用事先準備好的浴巾擦乾身體。

他打開背包後，張口結舌的。

“我想你母親會高興收到花，尤其是藍色月季。”我解釋。

“謝謝！”他給了我一個擁抱，“太謝謝了。”

我把白襯衫和短褲都穿上後，Louis問我這裏可好？我又喊卡。

約莫幾秒鐘後，我答：" 這風是由西北往東南方向吹，所以我們要面向東南，否則骨灰會往我們身上撲。"

" 妳真細心。行，就這麼辦！"

他把白色盒子打開，原來裏面還有一個白色罈子，上面崁著一張照片。

該怎麼說呢？Louis 的母親長著一副為人師表的臉孔，滿嚴肅的。

Louis再次說我好眼力，他母親的確曾是灌溉民族幼苗的園丁，辭職回歸家庭後，有一陣子她挺不開心的，還是因為寫作才又有了活力，直到去世前幾天她還筆耕不輟。"

" 你肯定很愛她。" 我喃喃道。

" 是的，她是我的好朋友，一直都是。" 他哽咽了。

" 那麼......"

" 就現在了。"

他打開骨灰罈子，往下傾斜，白色的骨灰便陸續漂浮在湖面上，越飄越遠，像一條白色的絲帶在藍綠色（湖水的顏色）的畫板上漫延開來，很乾淨、很純潔、很夢幻。

倒完骨灰，我把藍色月季交給他，他將花輕輕地放在水面上，讓它隨著骨灰飄向那未知的深處......

" 我感覺身體內有個東西不見了。" 他說。

我握住他的手，默默與他一起望向湖水的盡頭。此時此刻，我倆的心靠得很近很近，近到讓我有些意亂情迷。

是他嗎？我生命中的白馬王子。

原本以為Louis的情緒會影響工作，實際上我多慮了，和PTP的簽約過程非常順利，他既當翻譯又確保合同條文沒有坑，連那個爪哇人都說我僱了個精明的律師。

簽完合同，Louis問我今天有什麼計劃？

“回去向姑姑交待，也許太陽下山前再到門店轉轉。”

“這樣啊～”他遲疑了一下，“如果……檢查一下店裏的秤吧！”

秤？我問什麼意思？

“上回買妳家的魚子醬，Floria問起800克的魚子醬花了多少錢？可是我明明買了一公斤。”

我一聽，滋事體大，缺斤短兩對任何商家的名譽都是致命的，不僅如此，吃上官司也是分分鐘的事。

“謝謝你告訴我這個，我一定徹查，如果屬實，肯定賠償你的損失。”

“妳知道我在乎的不是賠償。”

“必須的，在商言商。”

告別後，我快馬加鞭趕往O-One。

～

這次Hans倒是在店內，看見我來，他調侃：“老闆娘查崗來了。”

“是的，”我將目光投向展示櫃後的電子秤，“為什麼秤擺那麼遠？近視眼的人恐怕看不清楚數字。”

“有錢人根本不在乎這個。”

“但我在乎，把秤擺在客人看得見的視力範圍內。”

Hans點頭稱是，但行動上卻沒有馬上跟進。

"今天賣了多少？"我接著問。

"今天還没結束呢！"

我答没結束也應該有銷售記錄，不是嗎？

"明天給，今天太忙了。"

他嘴巴說忙，實際上店內空蕩蕩的，一位客人也無。

"明天給也行，"我決定不打草驚蛇，"是不是每一筆都會被記錄下來。"

"當然。"

然後我找了個藉口離開，到附近的取款機取錢。取完錢，我在取款機旁等了約莫五分鐘才"他鄉遇故知"。

"請問……會說德語嗎？"我問。

那個有著華人長相的女子停下腳步，很戒備地看著我。

"是這樣的，我想買點兒魚子醬，但自己的德語不行，妳能幫我購買嗎？"我說。

"我會說德語，那家店遠嗎？"

"不遠，走過去不到一百米。"

我把她帶到離O-One門口約五大步遠的地方停下。

"就是那家，有深褐色大門的那一個，"我把寫上魚子醬名稱的紙條及現金遞給她，"就買這種魚子醬，1000瑞郎。"

"妳不跟我進去嗎？"她問。

我"適時"接了個電話，佯裝很忙的樣子，同時示意她進去購買。

幾分鐘後，她拿著一個精美紙袋走出來。

"買到了，125公克。"

白鰉魚子醬125公克的確是1000瑞朗。

"謝謝！太感謝了，我請妳喝咖啡。" 我說。

"不用，我趕著去見朋友。對了，下次妳可以自行購買，這家店有中文導購。"

"那麼妳是找中文導購購買的？"

"他主動過來服務，另外兩個洋女人好像看不見我似的。"

聽完，我心如明鏡。

"善心人士"離開後，我走向路口轉角處的奶酪專賣店，買了200公克有著大孔的黃色奶酪（它讓我聯想起《貓和老鼠》動畫片裏的奶酪）後，我央求使用他家的秤。

當秤顯示100公克時，我有種"破案了"的快感。

Hans呀Hans，你終於露出狐狸尾巴了！

第四十五章/不期而遇

下午兩點半回到家，老余說姑姑還在睡午覺，問我吃了沒？我回答沒有，同時把大孔奶酪交給他。

"這種奶酪適合做成沙拉或奶酪火鍋。"老余說。

我搖頭，表示這兩種都不合我當下的胃口。

"那麼我把奶酪切成片，和火腿一起夾在餅乾內，算是小食吧！妳看可以嗎？"他問。

這個時間點不上不下的，吃小食很合適，於是我點頭。

沒兩下工夫，老余就準備好了，另外還給了我一大杯鮮榨果汁。

我吃著"遲到了"的午餐，老余就在邊上來回踱步。

"余叔叔，如果沒事就請坐吧！你走來走去的，我看著心慌。"我說。

他隨即坐了下來，過了幾秒鐘，他問我好不好吃？我答余叔叔做的當然好吃。

"我女兒也喜歡這麼吃。"

這是老余第一次提起他的女兒。

"我聽姑姑說她就讀巴塞爾大學。"

"是的，學的是藝術史，"他深看我幾眼，"她的身高跟妳差不多，眼睛和妳的一樣大，只是膚色不同，她把自己曬成了古銅色，我還是覺得皮膚白點兒好看。"

亞洲人認為一白遮三醜，歐美人卻認為小麥的膚色才是健康美。

"她幾歲了？"我問。

"已經21了，管都管不住，挺叛逆的。"

我表示在國外長大的孩子都比較有個性，哪像我，沒棱沒角的。

"不，我覺得妳挺好的，"他停頓了一下，"宛宛，能幫余叔叔一個忙嗎？"

"什麼忙？你說。"

"我女兒Neela最近交了個男朋友，是個阿拉伯裔，可以娶四個老婆。我一聽，夜不能眠，妳能跟她談談嗎？她這個週末回蘇黎世。"

我一聽，這可棘手了，素昧平生，她未必聽我的。

老余說也不是一定得怎麼著，就是打聽一下進展，如果只是玩玩，他就當沒這回事。

"行，這週末我勻出時間來。"我很豪爽地答應了。

老余顯得很開心，他問我晚餐想吃什麼？我答炸醬麵。

"没問題，家裏剛好有小黃瓜。"他說。

吃完小食，姑姑還沒睡醒，我回到房間內，突然改主意。

"還是先不告訴姑姑，等事情明朗後再報告吧！"我心想。

隔天，我上O-One查賬去，發現事情比我想的還要嚴重，現在已經不是缺斤短兩的問題，而是對不上賬。

"昨天就只賣這些？"看完銷售報告，我問。

"嗯！最近生意不好。魚子醬的銷售也分淡季和旺季，入秋後會好一些。"

我又上下檢查一遍才問："白鰉魚子醬好像不太受歡迎，昨天完全沒有售出記錄。"

他答白鰉魚子醬的要價比較高，只有金字塔最頂端的人才會購買。

我清楚地記得昨天通過陌生人購買的是白鰉魚子醬由Hans售出（後來被我送給了Louis和Cora，藉以感謝兩位律師的案牘勞形），可是售出記錄上卻完全空白。

"好，我知道了。"我仍按兵不動。

此時店裏來了兩位客人，Freja和Gaby忙著接待，我忽然想到"吃裏扒外者"是否只有Hans一人？那兩個洋女人有沒有參與其中？

我還在思考，Hans將我拉回，問："顧小姐，昨天妳一交待，我就把秤的位置挪了，妳看還滿意吧？"

"看到了，這是商家應該做的，誠信很重要。"

"是的，說的太對了，我虛心受教。"

很奇怪，Hans越臣服，我越感覺不對勁，就像暴風雨前的寧靜，氣壓低得讓人喘不過氣來。

"明天是星期三。"他忽然提起。

"So?"

"妳男朋友明天走，Uber七點上門。"

我"噢"了一聲，不再言語。

"小倆口吵架了？"他問。

"沒有。"

"今晚我不回去，好讓妳和男友重修舊好。"

"說了沒有吵架，你不用……不用費心安排。"

其實我想回答不用假慈悲，但話終究沒說出口。

我在店內又待了一個多小時，發現生意不若Hans所言那樣冷清，心中的疑惑更加深了。

午餐時間，我悄悄走出店外。沒躊躇多久，我決定找Louis商量去。

Louis一聽說Hans的可疑行徑，思考了很久，直到盤中的香煎小牛肝和烤土豆都吃完為止。

"這事不能打草驚蛇，得有充份證據才行，最好有視頻佐證。另外，還得證明出貨數量跟售出及存貨之間的不符。"

"視頻？店內沒有監控設備，如果突然安裝，Hans和潛在同夥恐怕會起疑。至於其他，我可以查到，沒有問題。"

Louis又陷入沉思，這次直到甜品吃完他才開口。

"店內無法安裝，那麼店外裝，假設購買的人數一天達到十人，而記錄上是五人，這也是證據。"

我問如何看出實際購買人數？

他輕敲我的頭，說："看購物紙袋呀！O-One總不致於給每個進店的客人都發送購物紙袋吧？！"

這真是醍醐灌頂，我怎麼犯起迷糊來？

"那麼店外要如何安裝？"我繼續不恥下問。

"這簡單，買一個無線插卡監控攝像頭，不用佈線，直接安裝在適當位置即可。"

聽起來不難，但對我來說很難。

Louis看出我的窘態，提出可以幫忙安裝。

"真的？我太高興了。"

"不過我需要幫手幫我扶人字梯。"

那有什麼難的？我毛遂自薦並且當下約了今晚九點見面，那個時間點剛剛好，三個嫌疑人應該不會在場，加上夏日晝長，晚上九點的蘇黎世還亮晃晃的，方便安裝。

Louis調侃我這下子又變聰明了，他不知道約在九點還有一個原因，那就是我不想給自己見男友一面的機會。

"我是聰明呀！只是偶爾……偶爾才會……"

"妳看什麼？"Louis轉過頭去，"原來是秦平，要不要我去叫他進來？"

"不用，我出去。"說完，我起身。

第四十六章/牽手

"妳好像很開心。"秦平看著我，一臉寒霜。

"我應該不開心嗎？"我反問。

他沉默一會兒後說他以為我會去找他，看樣子他高估自己在我心目中的地位。

該怎麼說呢？鬧小脾氣的是他，下最後通牒的人也是他，怎麼我反倒被指責？

"我以為……以為彼此冷靜一下會好些。"我囁囁地答。

"我已經足夠冷靜了，問題不在我身上，而是妳，妳已不再是妳，那個深愛我的人哪裏去了？"

他接著提到我們過往的點滴，包括第一次見面的場景以及曾有過的甜蜜。

"妳忘了嗎？"他問。

"我沒忘，但……橫在我們中間尚有一些問題待解決，我還沒做好……做好當……當秦家媳婦兒的心理準備。"

“是他嗎？”他望向餐廳，“是那個和妳一起吃飯的人讓妳動搖了？”

我回答不是。

“如果我猜得沒錯，這幾天妳都和他在一起。”

自從秦平揚言若不跟他一起回國就分手，我的確天天和Louis在一起。第一天找灑骨灰的地點；第二天灑骨灰；第三天和PTP簽約；第四天（也就是今天）為了Hans的可疑行徑找Louis商量。瞧！每一次見面都是為公不為私。

聽完我的解釋，秦平的不悅稍有緩和。

“可能我誤會了，現在……妳能不能陪陪我？明天一早我就要上飛機了。”

男友沒提分手的事，我也裝傻。

“好，我陪你逛逛。好不容易出國一趟，總得給家人和朋友帶點兒什麼，不是嗎？”我說。

“也對，還是妳想得周到。”

離去前，我特意別過頭，餐廳內的服務員正在清理我坐過的桌面，Louis已不見踪影。

～

我帶男友來到Jelmoli，這是一家大型的購物商場，裏面的東西很齊全，應有盡有，但……

“算了吧！這裏沒有我要的東西。”秦平斬釘截鐵地說。

知道男友囊中羞澀，我提出由我買點兒東西送給他的家人。

“不需要，他們用不著這些。”

我不知道別人的男友怎麼樣，反正我的男友對錢很敏感，也很較真，彷彿多用我的錢會讓他顏面掃地似的。

“那你說怎麼辦？這裏連巧克力都貴得要命，論克賣。”

“那是手工做的，當然貴，如果選工廠機器製造的應該沒那麼貴。”

結果他在超市買了兩盒在國內也能買到的三角巧克力，還有兩瓶4歐元的小瓶裝紅酒。

“就這樣？朋友呢？你不送？”我問。

“這次我來瑞士，朋友完全不知情，省去送手信的麻煩。”

想起每次出國我都得拎著大包小包回國，這差距不止一星半點。

知道男友節儉的個性，晚餐時間我不假思索便帶他到商場的地下一層吃大食代，没想到我認為最不會出差錯的反而引發衝突。

“25歐元還嫌貴？你到底想怎樣？”我氣呼呼地問。

“蓋澆飯不值那麼多，這錢能在國內吃一頓歐式自助餐没問題。”

原諒我來到蘇黎世還不到兩個月的時間，真不知道哪裏能吃到便宜點兒的東西，這裏連麥當勞套餐都要二十多瑞郎。

我悶不吭聲地離開地下一層，然後一層一層地逛上去，最後被江詩丹頓櫥窗裏的一隻手錶給吸引住。它的造型非常簡約，没有鑽石點綴，但因底盤是珍珠母貝材質，在燈光的照射下閃爍著不同的色彩，很是漂亮！

“我喜歡這隻錶。”我說。

“没標價錢的肯定貴。”

聽秦平又談起錢，我的心底冒起無名火，直接進店要了櫥窗裏的那隻錶。刷卡時，秦平的臉臭得老遠都聞得到。

走出店外，他還是没忍住，告訴我一個人一天有24小時，用一隻兩萬五瑞郎的手錶並不會讓我比別人多出更多的時間。

"你錯了，應該是更少，因為我還得花時間去找名錶。聽著，你若再囉嗦個没完，我就再買一隻。喏！前面就是勞力士，新上市的女錶帶鑽......"

秦平氣炸了，他說没想到我這麼俗不可耐，非得名牌加身才能顯示自己的高貴，怎麼以前没看出來？

老實說，刷兩萬五時我也曾猶豫過，自己已經有好幾隻價值不菲的錶，没必要再買。至於買勞力士.........那也只是說說而已（主要是氣一氣秦平），但他直接定我罪，把我歸為物質女，這多少不公，我不是那樣的人。

"我就是這樣的人，你還感興趣嗎？"我問，心裏很忐忑。

"我不知道，"他推一推他的黑框眼鏡，"妳太貴了，我恐怕負擔不起。"

"妳太貴了，我恐怕負擔不起。"這句話一直縈繞在我耳邊。

我走了好幾個路口還是渾渾噩噩，而那個"棄買"的人已經找了個藉口離開。

按下十字路口的紅綠燈按鈕後，我聽到有人喚我，遂轉過頭去，看見Louis，我很訝異。

"怎麼是你？"

"我去借梯子，没想到在這兒遇見妳，秦平呢？"

哎呀！我差點兒忘了那個九點之約。

"秦平回去打包了，因為得趕明天一早的飛機。"我答。

"原來如此，難怪妳很難過的樣子。"

是嗎？我這麼藏不住心裏事？

"實話告訴你，我難過不是為了這個，而是自己剛被甩，因為我太貴，秦平負擔不起。"

“妳是很昂貴呀！像天上的星辰一樣稀缺。“他摸摸我的頭，
“別難過，這世上總有付得起的人。”

雖然是安慰的話，但我的心還是被撩撥了一下。

此時綠燈亮起，行人魚貫通行。Louis的右手扶著右肩上架著
的梯子，左手卻牽起我的手，而我……沒有拒絕。

第四十七章/馬丁太太的生日派對

"好了，"Louis 從梯子上下來，"我選的是小號的攝像頭，不仔細看是看不出來的。"

我以為他會把攝像頭安在牆上，結果卻是行道樹上，如此一來是隱秘了，但市政府整治市容環境時肯定會發現，瞞不住人的。

Louis說我又犯傻了，這個機子自帶電源，雖然省去佈線的麻煩，但電量頂多只能支撐一個星期。換言之，我們不過是搜證，只要拿到證據就取下，要不了一個星期。

"那麼你會來卸機子吧？"我不確定地一問。

"當然，送佛送上天嘛！"他靠近我，"除非妳不要我來。"

"我……你來。"

然後他低頭給我一個吻，輕輕的，像蜻蜓點水，又像風拂過。

"妳為什麼沒拒絕？"他問。

"因為太突然，所以來不及拒絕。"

"那麼我慢慢來，妳可以說不。"

這一次他吻得久一些，還把舌頭伸進來。如他所言，我有好幾次推開他的機會，甚至給他一巴掌，但我沒有。

"妳為什麼還是不拒絕？"他又問。

"不知道，也許我不懂得拒絕。"

話一答完，我的手機響了，是秦平。

"我查過，明天早上十點十分飛北京的卡塔爾航空還有機位，妳來得及……"他說。

"不，我留在蘇黎世。"

"宛宛，妳……"

"你說對了，我太貴，你負擔不起，但我相信這世上還有付得起的人。"

"這個人是誰？"

我没回答就掛斷。

Louis問我方才是不是秦平的來電？我答是。

"妳拒絕他了？"他又問。

"……嗯！"

"所以妳不是不懂拒絕，而是……"

"你就非得在我失戀的時候落井下石不可嗎？"

他的嘴角露出謎一樣的微笑，轉身開始收拾東西。

我問他接下來想幹嘛？

"還梯子，妳來嗎？"

還完梯子，他載我回姑姑家，由於車輛只能在公寓前暫停三分鐘，我很快跟他道別。

"等等，"他叫住我，"妳是個守信的人嗎？"

"我？當然。"

"記得我們的賭注嗎？如果妳輸了，我們交往。"

我想起那個賭注，顯然明天我不會上機，但說到我對他有特殊的感情……

"能不能給我多一些時間捋一捋？"我問。

"没問題。"說完，他向我揮手告別。

看著那輛三百萬美元的老爺車漸行漸遠，我突然有了疑問：這車該不會是他的吧？如果真的是，那麼公墓旁的房子又是怎麼回事？

這真是奇怪的感覺，剛結束一段四年的感情，我的"如釋重負"竟然大過感傷，可見過去我有多麼委屈求全。

洗完澡，我到廚房找水喝，一轉身，差點兒被嘴巴內還没吞下的水給嗆到。

"余……余叔叔，你……你怎麼在這裏？"

"我……"他有些窘迫，"妳姑姑……需要打胰島素。"

由於病情，姑姑睡前需要打胰島素，難道她現在才入睡？就算是，那麼老余身上的睡衣做何解釋？這公寓只有兩間房，而且眼瞅客廳沙發也没有睡過的痕跡。

"你……是不是和姑姑……"

"我們……兩情相悅。"

真不知該用"噩耗"還是"驚喜"來形容，雖然我一直認為他倆有非一般的僱傭關係。

"你女儿知道嗎？"我突然想起。

"知道，這不是找了個阿拉伯裔男友來氣我嗎？"

原來如此！

"余叔叔，我回房了，你……你也早點兒休息。"

隔天進店前，我特意望向那株行道樹，還好"東西"尚在。

進到店內，兩個洋店員向我道早安，我也回覆："Guten Morgen."

至於Hans……他答完"顧小姐早上好"後，又低下頭打字，好像很忙的樣子。

我問他在忙什麼？

"我在回覆馬丁太太的郵件。"

"馬丁太太？"我側頭想了想，"好像在哪裏聽過。"

Hans停止打字，一臉詫異地問我是不是在開玩笑？下週末就是馬丁太太的六十歲大壽，魚子醬派對的預算也已經從二十萬歐元升至三十萬歐元，另外還付了十萬歐元的籌辦費用，怎麼我好像失憶了？

"我依稀記得兩個月前你曾提起過，但後來沒人再談這件事，我以為因故取消了。"

Hans一聽炸開了，聲明這個鍋他不背，因為他已經前後發了三封郵件給我。

"三封？不可能的，我一封也没收到。"

Hans又低頭打字，然後把電腦遞給我看。我看到他的確發出三封郵件，但郵箱地址不是我的，少了一個字母。

他聳聳肩表示這不是他的過失，誰讓我犯了低級錯誤？

我有重複檢查發送信息的習慣，說我犯了低級錯誤，這絕不可能！但現在不是討論對錯的時候，而是解決問題要緊。

“你現在能重發那三封郵件給我嗎？”我說。

“没問題。”他答。

我趕緊坐了下來。

第四十八章/拉圖爾酒莊

根據郵件，魚子醬生日派對定於下星期六中午舉行，地點沒變，依然選在巴黎近郊的葡萄酒莊園，美酒配魚子醬，再合適不過！

"參加的賓客總共幾位？"我問Hans。

他答33位，馬丁太太給了他電子郵箱地址。

"不，這不夠慎重，我現在就去買卡片，你負責要到賓客的家庭住址，同時聯繫DHL，今天務必把所有的卡片全寄出。"

說完，我拿起包走出店外。

～

在國內買卡片是輕而易舉的事，但在蘇黎世，我像隻無頭蒼蠅在大街小巷亂飛，可惜仍遍尋不著那個小玩意兒，真要急死人！

本來想打電話詢問Hans，怕被他奚落，所以沒打。就這麼湊巧，當我走到街道轉角處，突然發現一家花店。

"花店肯定賣卡片，不然送花人要如何表明身份及心意？"我心想。

於是我走進花店，發現不大的營業面積經營著乾花、鮮花、盆花、仿真花⋯⋯

"Guten Morgen."我說。

櫃檯前的年輕女孩回覆早安後，低下頭繼續忙活，她正將鮮花編織成花環。

我四處張望，一支玫瑰2瑞郎，一支百合5瑞郎，和我在洛桑Beauté Palace 酒店所看到的昂貴花卉不一樣，可說是經濟實惠。

我挑了十幾朵雛菊，白花黃蕊，很是清新。

店員放下手中的活，將我要的花放在白報紙上捲成一束。

"40 CHF."她說。

我表示還要一張卡片，她彎腰到櫃檯下取，那是一張印有小麋鹿的卡片，可愛是可愛，但離我要的效果尚有一段距離。

大概讀出我眼中流露的失望，店員又彎腰取了幾張不同的，當我看到一張白底，中心位置有一支長莖紅玫瑰的卡片時，心裏喀噔了一下，想當初 Hans 送給馬丁太太的不正是紅玫瑰？

"I want this."我指指紅玫瑰卡片。

"2 CHF."她答。

我給了她106 CHF，聲明要33張。

她有些詫異地表示店裏只有十來張，全給我，如果還想要多點兒，我可以到另外一家花店碰碰運氣。

拿著該店員手繪的簡易地圖，我很快就找到那家花店，運氣不錯，讓我把想要的卡片全買齊了。

我把寫卡片的工作交給Freja和Gaby，自己則和Hans待在櫃檯前待命。

下午兩點多，店內沒有客人，我買的小雛菊被裝在寬口玻璃瓶裏，隔那麼遠，我還能聞到花香。

"妳男朋友走了，這幾天看起來挺不如意的樣子。" Hans說。

"我不想討論這個，" 我穿起防衛的盔甲，"針對馬丁太太的生日派對，你有什麼建議？"

"我不想討論這個，Brigitte說這是妳的工作，如果哪天她改主意了，我很樂意提供自己的淺見。"

聽完，我為之氣結。

"你說的對，這是我的工作，你已經把馬丁太太的郵件轉發給我，做了一切你能做的事，是該功成身退的時候了。"

"功成身退？什麼意思？"

該死！我竟然把潛在意識給說了出來，這下子豈不是打草驚蛇？

"就是......我會自己想辦法解決的意思。"

"如果妳以為Louis能幫到妳，那就錯了，首先他不在受邀名單內，其次當天他有個會議要參加。妳倒不如問問Neela，她的語言沒問題，學的是藝術類，也許可以幫上忙。"

我一時抓不著北，Hans如何知道Louis沒空？還有，他怎麼就認識老余的女兒？

那個老謀深算的人表示說開了就沒意思了，還是留個懸念比較好玩。

他覺得好玩，我可不，整件事讓我惶恐不安。

"既然……我回去好好籌劃一下派對活動，你別忘了下班前把卡片寄出。"說完，我離開O-One。

～

我沒有回姑姑家，而是一直走到蘇黎世湖畔，那裏有供遊人休憩的木條長椅。我坐了下來，放眼望去，天鵝戲水、海鳥飛翔，不遠處還停泊著幾艘小船，耳中不時傳來各種大自然的聲音……

在這麼一片祥和景象中，我卻在想煩人的事。

"三十萬瑞郎的訂單，馬丁太太要我們看著辦，但也不能全花在魚子醬上，食物、美酒、軟飲、蛋糕、環境佈置……樣樣都要花錢。對了，總得有人引領泊車，一下子來三十多輛車，車位夠不夠？還有，我的德語及法語都不行，難不成還得請翻譯？眼瞅著只剩下八天，我該如何是好？"

我邊想邊覺得這事離不開Hans，一有這想法，我就恨自己不夠強大，因為事事都仰賴這個男人，我和姑姑才會被他吃得死死的，哪天才能自立呢？

想來想去，也沒想到什麼實質性的辦法，倒是提醒我得上拉圖爾酒莊一趟，不實地考察一下，等於閉門造車。

"嘟……嘟嘟……"是Louis的來電，他問我在哪裏？

我告訴他，我正在欣賞蘇黎世湖的美景，順便想想開派對的事，然後把整件事概述了一遍。

"原來是馬丁太太開派對，六十歲是大生日，得好好慶祝一下。"他說。

"是呀！總不能毀在我手裏。不瞞你說，我現在很頭痛，從蘇黎世到拉圖爾有一段距離，但如果沒親眼目睹派對場地，我如何籌劃？加上自己的法語不行，我連表達來意都做不到。"

"我還以為是什麼大事，妳等著，我這就開車過去接妳，我們即刻出發。"

半小時後，Louis駕駛的老爺車已經上了D66號公路，我們正風塵僕僕地趕往拉圖爾酒莊。

第四十九章/可露蕾蛋糕

法國有五大著名酒莊，所產的葡萄酒列為一級精品，它們分別為拉斐、木桐、拉圖爾、瑪歌、侯伯王。

"拉圖爾酒莊坐落在波雅克村南部的碎石河岸上，毗鄰吉倫特河。多年來，法國流傳著這麼一句諺語—只有能看得到吉倫特河的葡萄才能釀出好酒。"Louis介紹。

我告訴他，我的紅酒知識很淺薄，他說的我還是第一次聽到。

"再怎麼淺薄，妳也應該看過一頭獅子雄踞城堡上方的Logo吧？！"

"原來是那個，我的確看過也喝過，該怎麼說呢......那酒散發著黑醋栗、黑莓和紫羅蘭的水果風味，還夾雜著煙熏、甜雪松和香料的氣息，酸度剛好， 給味蕾帶來一種極致的享受。"

Louis特意看了我一眼，表情很複雜。

"怎麼了？"我問。

"妳這叫知識淺薄？簡直是大師在做點評。"

我一笑置之。

車子開了很久，我們中途休息了幾次，終於在午夜前抵達波爾多。

"今晚我們就在波爾多過夜吧！明天一早往北開一個小時就能抵達拉圖爾酒莊。"Louis說。

"好的。"

我以為我們會去一個挺一般的酒店，畢竟只是睡個覺而已，明天一早還有正經事要辦，結果Louis把車開向一個宛如城堡的酒店。

當他拿著一張房卡離開櫃檯，我忍不住問："為什麼一張？我的呢？"

"妳跟我一起睡。"

什麼？！我呆若木雞。

"妳進來嗎？"他在電梯內問，"如果不，我和服務員上去了。"

考慮三秒鐘，我還是在電梯門闔上之前跨了進去。

電梯在第五層停下，服務員引領我們走向走廊盡頭的那一間。

Louis給完小費，那人面無表情地走了。

"法國人好像不懂得感恩，什麼行李都不用提就有小費可拿，還一副撲克牌老K臉！"

也難怪我抱怨，時間緊迫，我們任性的什麼東西都沒帶就上路，那個服務員大概第一次遇上沒帶行李的遊客吧？！

"已經凌晨一點，妳這個小怨婦可以歇一歇了。喏！床有兩個，妳要哪一個？"

我指向靠窗的那一個。

"那好，我們各自刷完牙就上床。"

Louis說到做到。

我不一樣，没洗澡就上床感覺渾身不自在，於是我洗了個香噴噴的澡，用的是酒店提供的意大利品牌Lorenzo Villoresi，味道很東方，近似迷迭香或麝香。

由於没帶換洗衣服，洗完澡我用浴袍裹身。

走出浴室，我才發現Louis竟然裸睡（他的衣服被整齊地擺放在衣櫃抽屜內，以致我得另外找個地方安置我換下來的衣服）。

躺下後，我讓Lorenzo Villoresi的香氣伴我入眠，當然，還有Louis那微弱又有規律的打鼾聲。

～

隔天是個晴朗的好天氣，吃完早餐，我們驅車前往拉圖爾酒莊。約莫一個小時後，我看到一個圓柱型的白色建築，右側不遠處還有一棟米黃色的巴洛克式豪宅。

"這裏曾建有城堡，能俯瞰吉倫特河口，戰略位置相當重要，可惜在英法百年戰爭時付之一炬，妳現在看到的圓柱型白色建築是17世紀興建的信鴿樓。"Louis介紹。

顯然派對無法在信鴿樓裏舉行（太狹小了），那麼就是隔壁那棟豪宅囉！

然而我錯了，車子越過豪宅駛向它身後的大平層。

"這是哪裏？"我問。

"酒莊接待處。"

下了車，我發現四周圍雖是一望無際的葡萄園，但停車位絕對充足，連泊車小弟都不需要。

“裏面有開派對的地方嗎？夠不夠大？裝得下所有賓客嗎？”我又問。

Louis答這個問題得問接待員，他也不清楚。

接待員一聽說我們為了馬丁太太的生日派對而來，非常熱情，把法語說得飛快。

“她說馬丁太太是酒莊莊主的老朋友，餐廳已被包下，如果需要，我們可以跟這裏的米其林三星主廚談一談。”Louis接下翻譯的工作。

“米其林三星？這得多貴呀！”我小聲地說。

“只是談談，不合適就吹了，何難之有？”

說的也是。

我們跟隨在接待員身後，大概職業病使然，她不忘先帶我們參觀酒廠及酒窖，又普及了一些紅酒知識，最後才停在一個能夠容納百人的餐廳。這個餐廳由於只有一面採光，室內難免有些陰暗，所以天花板垂掛了無數個小燈泡，像銀河一樣璀璨。

主廚隨後出現，我們在長條桌上坐下。會談的時間很冗長，簡言之，在O-One“小有賺頭”的情況下，我們達成了協議，由主廚推出八道魚子醬創意餐點（魚子醬當然由O-One提供），酒也決定好了，餐前是甜白與干白，席間是干紅及滴金莊。

步出酒莊，我鬆了一口氣。

“噓～終於解決最困難的部份。”

“不，最困難的還沒解決，譬如重頭戲生日蛋糕。”

對呀！怎麼忘了這個？

“我們進去讓主廚把這個也包了。”我說。

“妳知道米其林餐點的特色是什麼嗎？就是精緻但吃不飽。如果連最後的蛋糕也是兩口吃完，妳讓賓客怎麼想？難不成餓著肚子離開？”

我問這下該怎麼辦？

Louis要我別擔心，昨晚住宿的波爾多以Cannele（可露蕾蛋糕）聞名。這款宮廷蛋糕是在烤到酥脆的派皮上抹上一層薄薄的巧克力和吉士醬，內裏是橙子味奶油、開心果果醬和黃油，表面則撒滿杏仁、花生、核桃等乾果……

聽得我的嘴裏開始冒酸水，這得多甜呀！話說回來，歐洲人就愛吃甜到極致的甜品，我猜想可露蕾蛋糕應該會大受歡迎。

“好，就訂這個，你知道哪家做得好嗎？”

“當然，我帶妳去！”他答。

第五十章/Neela

姑姑問我考察的結果如何？我答一切都在掌握之中，不用擔心。

"把事情交給宛宛就對了，妳呀！就是瞎操心。"老余說。

"我能不操心嗎？時間已經所剩不多了。"

姑姑一答完，整個氣氛變了。

"時間所剩不多是什麼意思？"我問。

"哎呀！妳姑姑的意思是派對在下週末舉行，時間上迫在眉睫。"

老余一解釋完，姑姑馬上鸚鵡學舌，把話給複述一遍。

我感覺怪異極了，雖然這個說法也說得通，沒什麼不對。

吃完晚飯，老余載姑姑去聽歌劇，今晚的曲目是興德米特的《畫家苟蒂斯》。

其實姑姑也邀了我，被我給婉拒了。聽不懂是一回事，最主要是我害怕和那兩個舊情復燃的人坐在一起，這實在太彆扭了！

回到房內沒多久，我接到一個陌生號碼打來的電話，在接與不接之間猶豫了一下，我還是接聽了。

"這是Neela，妳是宛宛嗎？"

和想像中不一樣，老余女兒的聲音聽起來很低沉。

"是的，我聽余叔叔提起過妳，妳好嗎？"

"很好，明天我們能見個面嗎？"

雖然我有很多事情要忙，但答應余叔叔的事還是得辦到。

"可以，地點由妳決定。"我說。

沒想到Neela約我在蘇黎世聯邦理工學院見面，我告訴老余，他主動提出要送我過去。

"宛宛呀！我女兒Neela人不壞，就是刀子嘴，如果待會兒見面她又胡言亂語，看在余叔叔的面子上，妳別和她計較哈！"

"昨晚我已經和她通過電話，還行，沒發生不愉快，所以請放心！"

"那就好，我......我等妳的回覆。"

老余的女兒找了個阿拉伯裔男友，讓他很頭疼，所以拜託我去探一探口風。若不是不好拒絕長輩的請託，打死我也不幹這種"間諜活動"。

蘇黎世聯邦理工學院離姑姑家很近，不過五分鐘車程。

"這就是ETH主樓，站在圓拱門前的那位正是小女。"他說。

原來那個留著一頭長髮的女人就是Neela。

和老余告別後，我逕自走向她。

“ 想必妳就是宛宛。”她說。

“ 是的。”

“ 跟我來！”

我跟隨她進入大學主樓，裏面是挑高的迴廊設計，兩旁的牆壁上有基督教題材的雕刻。主樓後是增建的部份，有之字形樓梯，我們没上樓也没下樓，而是走向後門，原來門後有個大平台。

“ 這裏可以俯瞰整個老城區，是最佳的觀景地點，妳没來過吧？”

“ 的確没來過，若不是有人帶路，我恐怕發現不了這麼個好地方。”

她接著告訴我這所大學是諾貝爾獎得主的搖籃，愛因斯坦便是其一，被譽為歐陸第一名校。

“ 看來妳對這所大學很熟。”我說。

“ 我的第二個男友就讀這裏，妳說能不熟嗎？”

Neela 主動提起她的前任，這讓我想起今日使命。

“ 妳的現任呢？他也是這所大學的學生？”我問。

“ 没有現任，我已經單身快半年了，”她停頓了一下，“ 我知道我爸派妳來刺探軍情，實話告訴妳，我就是為了氣他才編造這麼個謊言。他既然能跟寡婦搞在一起，我為什麼不能找個阿拉信奉者？如果他繼續一意孤行，再荒唐的事我也幹得出來！”

Neela稱姑姑寡婦，雖然是實情，但聽起來很刺耳。

“ 余叔叔和我姑姑很久以前就認識，早於妳母親。”我解釋。

她冷哼一聲：“ 若不是妳姑姑，我媽就不會賠上自己後半生的幸福。”

我不清楚那三人的愛恨糾葛，但顯然余叔叔娶了別人，心卻還繫在姑姑身上，這讓我多少不那麼反對他倆在一起。

"有一天當妳遇上對的人，也許就能放下心中的不平與怨恨。"

"不可能的！我會把我父親抓回來，妳也看好妳姑姑，我們聯手合作，他們不可能如願。"

我懷疑老余和姑姑是我的親生父母，如果屬實，我如何能拆散他們？

"抱歉！我不介入。"

Neela很失望，但沒有說難聽的話。

我藉機觀察她的五官，除了膚色，我倆還真有點兒相像，這讓我的懷疑更加深了（她該不會是我的同父異母妹妹吧？）

"我臉上有東西嗎？不然妳怎麼直盯著我瞧？"她問。

"不好意思，"我將目光移開，"話說得差不多了，咱們就此告別吧！"

"等等，O-One是不是在找臨時工？反正大學十月才開課，我想找個事做做。"

她的問話讓我起疑。

"是不是Hans說了什麼？"我問。

"誰是Hans?我是聽我爸說的，他說也許妳需要一名翻譯。"

我的確需要翻譯人員，尤其Louis已表明當天沒辦法幫我的情況下。

"這樣吧！我們找個咖啡館坐下來詳談。"我說。

"沒問題，我知道附近有一家很棒的店，他家的閃電泡芙好吃極了。"她答。

第五十一章/意外的客人

Neela強力推薦閃電泡芙，為了不拂她的意，我要了一個，結果她卻點了甜蝦塔。

"閃電泡芙我吃過好幾回，這次換別的嚐嚐。"她解釋。

還好泡芙的確好吃，環境也優雅，我很快排除不快，與她進入正題。

"那多無聊！哪裏不能吃吃喝喝？非得跑到鄉下去？"

面對Neela的快人快語，我有點兒趕不上她的節奏。

"生日派對不都是這樣？"我問。

"妳的想法太陳舊了，一點兒新意也無，賓客完全沒被驚艷到，這是很失敗的設計。"

我第一次籌備派對，難免有不周到之處，但被人這麼全盤否定還是挺難受的，防衛之心也油然而生。

"壽星是六十歲大壽，太前衛的方式她恐怕接受不了。"我說。

"妳錯了，那個年紀的人就怕不受關注，給她來點兒不一樣的，她才容易記住，聽我的準沒錯。"

不一樣？何謂不一樣？"

她答譬如音樂，通常請的是三重奏或四重奏，我們來個不一樣的，好比法國的傳統樂器手搖風琴。其他還有魔術表演及木偶腹語劇的演出，最後再來一個讓壽星永生難忘的驚喜，那就完美了。

我承認她的主意比我原先的構想要有趣得多，可是……

"要上哪兒找這些表演者？我一點兒概念也無。"我說。

"黃頁上有，網上也會有，如果妳看不懂法文，我樂於效勞。另外，我有一票很會活絡氣氛的朋友，有他們在，絕對能把場子炒熱。"

"那好，翻譯和娛樂活動就交給妳，實報實銷。派對當天，妳和夥伴們的時薪是五十瑞郎，包交通費，另外我還會根據效果給小費。"

"一言為定！"

~

這幾天我陸續收到賬單，因為那些出席的表演者需要預付費。

"逢週末會比較貴，加上地點偏，還得補貼交通費。"Neela解釋。

"我無異議，倒是有一張賬單出奇的高，這是……"

"記得我說過的驚喜嗎？"

我問怎樣的驚喜要價八百歐元？

"如果說了就不算驚喜了，還是保持一點兒神秘感吧！"

由於她自信滿滿，我雖有些不安，但日子只剩下兩天，也只能信任她了。

～

"派對籌備得如何？"Louis打來電話。

"還好老余的女兒幫忙，看樣子應該沒問題。"

"很抱歉我有會議要開。"

"你忙你的，沒事。對了，Hans怎麼會知道你這週末沒空？"

他停頓了一下，給了個不確定的答案。

"這麼說Hans猜想Caesar Chance 律師事務所會派人參加這個國際性會議，看來也沒什麼神秘之處。"我喃喃道。

"應該是，我沒告訴他這個。"

我們又談了些瑣事才Say Goodbye 。

電話一掛斷，手機鈴聲又響起，是母親的來電，她告訴我今天秦平的父母上門了，哭哭啼啼的。

"為什麼？難道......難道秦平出事了？"

"這麼大的人能出什麼事？無非使的苦肉計。現在他父母承諾拿拆遷款買婚房，他們會另外租房住，不會影響妳和秦平這個小家。"

其實我和秦平的問題不止房子，還有價值觀和金錢觀的不同。如果沒遇上Louis，我恐怕不會知道原來生活也可以如此輕鬆......

母親忙敲邊鼓，她說Louis不錯，如果是這個孩子，她和父親不反對。

"你們也知道他？"我問。

“當然，妳姑姑已經告訴我們了。聽說他的家世不錯，工作也體面，配妳正好。”

掛上電話，我才發現自己對Louis其實所知不多。是的，他的朋友圈非富即貴，在蘇黎世有個價格不菲的住所（搞不清楚是租來的還是買來的），朋友很豪氣地“借”了他一輛價值三百萬美元的古董車，在倫敦他還有個靠近公墓的家。除此之外，這人用錢大方，舉止自帶傲氣，有個前程遠大但目前收入不豐的工作……

老實說，我對他的認識不會多於他的同事，這麼一個頗為神秘的男人卻贏得姑姑和父母的信任，真是費解呀！

早上11點，拉圖爾酒莊陸續迎來參加派對的人，從停泊的車輛看來，壽星馬丁太太的朋友們個個身價不凡。

“ Nice dress, Mrs.Martin.” 我說。

這是真的，馬丁太太今天穿著一件別緻的香檳色晚禮服，V領設計，蝴蝶袖，高腰傘裙，布面上還點綴繁星點點，很是高雅。

“ Merci. $#@&……”

Merci是謝謝的意思，後面我就听不懂了。還好老太太忙著應付她的親朋好友，對我的傻笑毫不在意。

若要我點評，目前為止一切順利。我們請來的樂手很盡責地搖著手風琴，身上的古裝很搶眼。還有，Neela 和她的夥伴們都非常賣力地炒熱場面，尤其特別照顧落單的客人。看大家都笑顏逐開，我緊張的心情總算鬆懈下來，直到……

“你怎麼來了？”我問。

“我怎麼不能來？”他揚了揚手中的邀請卡，“我是馬丁太太的客人。”

没想到馬丁太太竟然會邀請僅有數面之緣的Hans。

“那麼請跟著我入座，宴席馬上開始了。”說完，我在前面引路。

第五十二章/約定

我們為派對提供了多款高品質的魚子醬，包括一公斤能賣到十萬瑞郎的新產品—加入牛蛙蛙卵的"XL魚子醬"。

雖然米其林三星主廚没令人失望，很巧妙地利用魚子醬的特點，推出了一系列讓人嘖嘖稱奇的料理，但席間還是發生了一點兒小事故（由於魔術及木偶腹語劇被安排在魚子醬奶酪餅及魚子醬壽司之後推出，惹來主廚抱怨，因為破壞了他出菜的節奏）。也不知Neela後來是如何溝通的，反正最後還是按照預定的計劃進行，並且在兩個小時後進入節目的最後一個環節，當餐廳服務員推來小車時，氣氛達到最高潮。

傳統的可露蕾蛋糕只有巴掌大，如今被點心師傅製成三層大蛋糕，最上層還放了一個胖胖的糖製小人，一看就是以壽星為原型。（我為自己的點子感到自豪，這個創意挺俏皮可愛的，不是嗎？）

我正得意洋洋，冷不防從戶外走進來一位"牛仔"，當音樂響起，他就地跳起了踢踏舞。

"原來這就是Neela所說的驚喜。"我心想。

然而接下來的場面卻越來越不對勁，舞者竟然開始脫衣服，觀眾紛紛竊竊私語。我極目尋找Neela的身影卻無所獲，等我的目光重新回到場上，那人已經脫得只剩下丁字褲。

我的老天！這如何是好？

讓人瞠目結舌的尚不止此，那名舞者在眾目睽睽之下靠近壽星，不僅身體接觸，臉部表情還很銷魂，跟看低俗的A片沒兩樣，我恨不得挖個地洞鑽進去……

就這麼湊巧，此時讓我發現了"始作俑者"，我硬拉著她往外走去。

"妳搞什麼？這麼正式的場合叫來脫衣舞男，妳想害死我是不？"我火冒三丈。

"怎麼就害死妳了？妳没看到大家都很興奮，尤其是壽星，那樣子像是中了頭彩……"

雖然馬丁太太没喊停，但不表示她接受"傷風敗俗"的安排。

"一個好好的生日派對就這麼被不三不四的表演給破壞掉，我……我氣炸了！"

"聽著，妳想作繭自縛，請便，我不奉陪。"Neela說完轉身入內，留我一人在原地乾瞪眼。

這是什麼跟什麼？我還是僱用她的上帝呀！

我在戶外深呼吸了好幾口氣才鼓足勇氣回到餐廳，與我想像的不同，脫衣舞雖然已經表演完畢，但歡快的氣氛沒有褪去，我不得不承認自己錯怪了Neela。

馬丁太太向我道謝，同時表示這是她畢生以來最難忘的生日派對，我給了她最好的禮物。

我望了Neela一眼，她的表情很輕蔑，彷彿說著：鄉巴佬！這下子妳懂了吧？

「請告訴馬丁太太，替她服務是我的榮幸。」

翻譯是Neela的工作之一，早說好了。

馬丁太太聽完我的回覆又嘩啦啦地說了一長串的法語，依據Neela的翻譯，她說的是客人們紛紛向她打聽派對籌辦公司的聯繫方式，看來O-One很快會有新訂單。

我頓時無語，O-One本來賣的是魚子醬，開派對不過是附加的行銷手法，沒想到次要的光芒蓋過主要，真不知是喜亦是憂？

看我不出聲，Neela問我是不是該說些場面話？

「妳告訴她，我們會努力把每個派對都辦到賓主盡歡。」我答。

回蘇黎世的路上，我誠心地向Neela致歉。

「沒事，妳在保守的中國長大，難免跟不上這裏的步伐，我不會怪妳的。」

我接著承諾會給她和她的夥伴們很好的小費，下次若有訂單，還請他們幫忙。

本來以為她會欣然接受這個提議，沒想到她表示自己還是一名大學生，功課壓力滿大的，未必能勻得出時間來。

「既然這樣，那不勉強，」我躊躇了一會兒，「妳今天有沒有遇到許久不見的熟人？」

之所以這麼問是因為我發現她與Hans在派對上交談。

「許久不見的熟人？」她想了想，「沒有，倒是遇到朋友多年前的家教老師。哈哈！他追女孩子的方式很老套，不過我還是給了他手機號碼。」

我想起姑姑曾經提到Hans做過一陣子的家教老師。

"妳如果不喜歡他，就別搭理他。"

"我没說不喜歡他，他約了我明天出遊，我答應了。"

看來我真是太保守了。

"那麼祝妳明天玩得愉快！"我說。

"今天的派對還順利嗎？"Louis當晚打來電話問我。

"很順利，事實上太順利了，没想到老外也喜歡看脫衣舞秀。"

"脫衣舞？哈哈！早知道我也混進去瞧瞧！"

"真的假的？如果當真，我對你這個人可要重新評估了。"

Louis抗議，他說我是從古代穿越而來的古人，脫衣舞根本不算什麼，比脫衣舞還開放的他也見過。

"我的確是古人，和Neela完全兩個類型。"

"Neela?"

"她是老余的女兒，還是大學在校生。"

Louis笑說這下子他要改追Neela，因為我太難追了。

"晚了，她開始跟Hans約會了。"

"Hans?......糟糕！我還没取下攝像頭。"

"那麼明晚我們一起去取吧！"

好幾天没見到Louis，我挺想他的。

"好，一言為定。"

第五十三章/變心

我被源源不斷的諮詢電話和郵件給嚇壞了。

由於Neela一早表明想拿著剛到手的工資去意大利旅遊（估計錢花光時，大學也快開課了），在此情況下，我不得不另外找人，但找誰呢？

想來想去，一勞永逸的辦法便是自己組一個團隊。

姑姑很贊成我的主意，既能有另外一筆收入，還有助魚子醬的銷售，一舉兩得。

我和姑姑談得興起，老余進進出出的，看神情是有話對我說。

"姑姑，我去洗個水果吃，妳要什麼？"

"不用了，妳吃，我不吃。"

得了赦令，我走進廚房。

"余叔叔，你大可放心，Neela是為了氣你才謊稱有個阿拉伯裔男友。"

"那……那很好……很好。"他揉了揉眼睛。

"怎麼了？你……你哭了？"

他否認，卻給了我一個噩耗。

"妳姑姑的血糖、血壓和血脂一直很不穩定，醫生說得留意心血管併發症，這也是她擔心的地方，害怕哪天就忽然撒手人寰。我總說她想多了，沒料到……沒料到隱形殺手來得如此之快，醫生說她的體內長了東西，已經到了晚期，生命只剩下幾個月了。"

這個消息來得太突然，以致我的腦子裏一片空白。

"妳姑姑還不知道這件事……"老余補上一句。

"別告訴她，"我喃喃道，忽然想起一件事，"姑姑看起來和平常無異，怎麼就得了大病，還是晚期？"

老余答姑姑頭痛及失眠有好一陣子了，只是沒告訴我而已。

我沉默了許久，親人即將離世讓我感到害怕與不捨，隨之而來的還有責任，我是一個沒有多少社會經驗的新鮮人，如何管理一家大公司？

"宛宛呀！余叔叔現在說的也許妳不愛聽，但還是得說。我問過那個年輕律師，他說妳的依親簽證馬上就能下來，但收養手續可不一定，短則還要兩、三個月，長則一年，即使辦好了，拿瑞士護照也要等待好幾年。簡言之，妳目前是違法打工，是隱形人，一旦妳姑姑人不在了，O-One只能交到她公婆手裏。他們的年紀也大了，最可能的情況便是將公司變賣，妳是被收養人，也許還能分到一點兒，但也就那樣了。"

想到姑姑苦心經營的事業若真的拱手讓人，她肯定心痛如絞。

"不，我不能讓這件事情發生，再怎麼也得保住O-One。"我說。

“既然這樣，那余叔叔說了，妳可別見怪。”

聽完老余的計劃，我再次沉默。

“當然，等妳能合法工作，公司還是由妳經營。如果不放心，我們可以去公證。”

我猜想老余是我的生父，天底下有誰會坑自己的孩子？

“不用，我信任你。”

“那麼妳勸勸妳姑姑答應我的求婚，我等待這一刻已經好久好久了。”他說。

～

根據老余的計劃，姑姑若與他結婚，他便有了合法繼承權，起碼能留住O-One。

這不失為方法之一，我該不該遊說姑姑再婚？

“妳怎麼了？”Louis從樹上下來，“一副愁眉不展的樣子。”

我把噩耗告訴他。

“難怪前兩天余先生諮詢我一些事，原來是為了這個。”

“實話告訴你，我姑姑對自己的病情尚不知情，所以拒絕老余的求婚，畢竟姑丈才過世沒多久，人言可畏。如今事情有了變化，我不知該不該勸她二婚，好讓O-One不流入他人之手。”

Louis答這個簡單，讓姑姑寫個遺囑就行。

“不，我和老余都認為不到最後關頭還是別提這個，因為姑姑比較容易胡思亂想，若知道自己將不久於人世，恐怕會加速病情惡化。”

“嗯……這件事有點兒棘手，讓我好好想一想，”他把攝像頭里的內存卡取出交給我，“把它插進電腦內就能看。”

"我現在没心情管Hans的事，還是你幫我看吧！回去後我會把過去幾天的銷售報告發給你。"

"好，没問題，這件事就交給我。"

～

接下來的日子很難捱，在姑姑面前我得佯裝無事，另一方面，派對訂單源源不斷地送上門，一根蠟燭兩頭燒，年紀輕輕的我竟也開始掉頭髮，可見壓力之大。還好有Louis，如果不是他的傾聽和打氣，我恐怕支撐不下去。

這一天上床後，我照舊打給他，不知是不是我多心，今晚的他缺乏溫柔，更像在做商務報告。

"這陣子我太忙了，總算在今天勻出兩個小時的時間查看錄相，對照銷售報告基本吻合，没有疑問。"他說。

我以為Hans壞事做盡，看來他只是小惡，没有欺騙到僱主身上。

"既然這樣，再好不過，我實在没精力管Hans，馬丁太太說……"

"五百瑞郎。"

"什麼？"

"五百瑞郎是兩個小時的費用，這是私活，所以請別通過公司給我。"

我很錯愕，以為我們之間是不談錢的。

"可以，錢要如何給到你？"我假裝不在乎地問。

"待會兒我把銀行賬號發到妳手機上，還有，以後没事別打給我，我需要休息，何況Floria也開始抱怨了。"

"Floria?"

"嗯！我們又復合了。"

我努力把屈辱和即將溢出的眼淚給逼回去。

"太好了，我祝福你們。"

掛上電話，我才讓淚水決堤。

第五十四章/強顏歡笑

"宛宛，妳怎麼了？飯吃得這麼少，是不是菜不合妳的口味？"老余問，現在他和我們同桌而食。

"不是飯菜的問題，是我吃不下，你們慢用，我先回房了。"

"等等，"姑姑喊住我，"昨天Hans打給我，他說店裏的電子秤因為電量不足出現了誤差，經人投訴，他已經做出賠償，並且更換了另一款更加靠譜的秤，一旦電量不足會給提示，保證不會出現同樣的錯誤。"

看來Hans不是故意為之，我錯怪他了。

"知道了，那我......"

"宛宛，"姑姑又喚我，"我看妳這幾天情緒不佳，明天是週末，和我們一起到施泰因小鎮走走吧！回程再繞到萊茵瀑布，它是歐洲最大的瀑布，妳應該瞧一瞧。"

"可是派對訂單......"

"別管了，錢是賺不完的，等玩完再回來頭疼吧！"

被Louis捉弄的傷害還在，我的心情一落千丈，也許出外走走能讓我早日走出陰霾。

"好，我挪出時間來。"

~

施泰因位於瑞士的東北部，靠近德國和奧地利邊境，它被公認為"萊茵河畔的寶石"，同時也是瑞士中世紀氣氛最濃的城市。這裏的每一座建築都保存得相當完好，牆身有美麗的壁畫、浮雕和凸窗裝飾，一棟連著一棟，宛如一幅展開的長畫卷，精美絕倫。

"這是一種經過特殊工藝繪製而成的濕壁畫，首先要在牆面上抹上灰泥，在灰泥尚未乾時，用天然的顏料在牆壁上作畫，等牆壁的灰泥完全乾透，繪畫便與牆壁融為一體，顏料既不會脫落，也不容易褪色。"老余介紹。

我說他懂的真多。

"哪是我？上回跟Neela一塊兒來，她學的是藝術史，多少懂一點兒，我不過是全盤端來而已，哈哈！"

我抬頭望著這些美麗繁複的壁畫，雖然不懂個中含義，但能猜到與宗教或歷史人物有關，看來哪天真得僱個導遊，讓他好好給我講解壁畫的由來和典故。

等遊覽得差不多了，我們回車裏吃老余一早準備好的午餐。

"宛宛呀！這裏的食物大魚大肉，實在不適合妳姑姑，不過妳放心，我給妳準備了牛排三明治，應該挺不錯的。"

"余叔叔，你太有心了，我喜歡你做的三明治。"

其實姑姑吃的也是三明治，只不過把牛排換成水煮雞胸肉。

"妳們慢點兒吃，我還準備了熱紅茶。"他說。

喝上這麼一口愛心紅茶，不管身體還是心理都溫暖了許多，想必姑姑也有同感。

吃飽喝足後，我問萊茵瀑布遠嗎？

「不遠，大約半個小時車程。」老余答。

現在是下午兩點，我估計天黑前能回到蘇黎世。

「那麼我們出發吧！」我說。

老余把車停在河中小島上。

「這裏是沃爾特城堡，始建於12世紀，是觀賞萊茵瀑布最佳的位置。」老余介紹。

的確，從我站的角度能看到白色的水流涓布，氣勢非常宏偉，只是稍嫌遠了點兒。

「宛宛，妳也知道妳姑姑腿腳不方便，近距離觀賞得爬上爬下，所以……」

「余叔叔，你不用解釋，這裏很好，我喜歡這裏。」我答。

倒是姑姑有意見，她說來都來了，肯定得近距離接觸才不枉此行，她就待在原地等我們回來。

我認為不妥，再三推辭。

「我看我們還是走吧！」老余開口了，「妳姑姑犟起來像條牛似的，我們早去早回，要不了兩個鐘頭。」

其實通往瀑布的小徑還算好走，我和老余在越來越大的轟隆隆水聲中前進。

「要不要坐遊船？」他問。

「不了，看看就走。」

「我知道有個觀景平台，妳跟著我就是。」

所謂的觀景平台是人工建造的，約二十平米大，就懸在水面上，可以近距離欣賞瀑布飛流直下的壯闊景觀。

我站了上去，該怎麼形容呢？高處的水一躍而下，低處的水面頓時產生無數的白色泡沫，從上面俯瞰，猶如處在一個冰雪世界中。更甚者，由於光線的折射和反射作用，我竟看到一道七色彩虹劃過，美不勝收。

"要不我們走到瀑布上游，那裏可以欣賞另一側瀑布。"老余提議。

我看到瀑布上游有一個多孔鐵路橋，橋上跑著火車。

"也好。"

於是我們沿著瀑布北岸的蜿蜒小路直上大橋，橋兩側有人行道，可以一直走到另一個城堡（勞芬城堡）的大門入口處。

"余叔叔，我現在知道為什麼你把車泊在沃爾特城堡而不是距離更近的勞芬城堡，因為這裏的樹把瀑布的磅礡氣勢給遮擋住了。"我說。

"没錯，妳觀察得很仔細……咦！站在飲水池旁邊的人是不是Louis?"

我定眼一瞧，老天！真的是他。我正想拉老余遁逃，可惜晚了一步。

"我就說是你。"老余走上前去。

"你好！"Louis對老余說，目光一轉，他也向我問好，聲音冷冰冰的。

我們仨就這麼尷尷尬尬地站著。

"我去買瓶水。"

可憐的老余還以為自己當了電燈泡，找了個藉口離開。

"五百瑞郎收到了没？"我問。

"收到了。"

"你有話要對我說嗎？"

"没有。"

老實說自從被Louis冷落，我不止一次反省自己是不是說錯了什麼話、做錯了什麼事、乃至穿錯了什麼衣服才惹得他不高興。就算真的犯了錯誤，總有改過的機會吧？就這麼被他一槍斃命，我真的好不甘心！

琢磨再三，我決定還是豁出去，就算死也要死個明白！

"你曾賭我不會上飛機，同時在那之前會承認對你有特殊的感情。Guess what? 你贏了，我的確對你有特殊的感情，我們......我們可以交往了。"

没想到我放下尊嚴換來的是更深一層的難堪。

"很抱歉我一時興起開的玩笑讓妳當真了。實話告訴妳，今天我不是一個人來，Floria去......去買水了，我不希望待會兒引起不必要的誤會。"

"哈哈！"我拭去眼角的淚水，"我也是開個玩笑而已，你怎麼也當真了？行，為了不讓你女朋友誤會，我走就是。"

由於心慌意亂，我竟走錯方向，再回頭，更加狼狽。

"宛宛，這裏，"老余向我招手，"妳姑姑在等我們呢！"

老余的手中没有飲用水，想必方才發生的一切他都看在眼裏。

"瞧我，連方向都搞錯了，你有看過比我更蠢的人嗎？"我笑問Louis，眼眶卻是熱的。

"宛宛......"

"Bye了，替我向Floria問好。"說完，我快步跑向老余。

第五十五章/住在公墓旁的老爺爺

有句話"情場失意，職場得意"，我終於了解個中緣由，因為失戀太痛苦，唯有埋頭苦幹才能減輕傷痛。

實話告訴你，現在的我已經組織了一個五人工作小組，專門用來籌辦魚子醬派對活動，另外還請了一名精通普通話、德語、法語、意大利語的翻譯兼秘書，大大減少溝通時可能會有的語言障礙。

我的頭銜也從"查無此人"變成"O-One魚子醬公司總監"。没錯，收養手續已經辦妥，我目前拿的是工作簽證，等瑞士護照一發下來便無庸如此麻煩，我可以同時享有工作權及社會福利，與一般的瑞士人無異。

貌似一切都上了軌道，我本該春風得意，但只有自己清楚，我是人前風光，背地飲泣。每當午夜夢迴，我總不由自主地想起那個混血兒以及那段還未開始便已終結的戀情……

"宛宛，妳看這花多美，"姑姑捧著剛買回來的花，"看到花讓我想到春天，經歷好幾個月的天寒地凍，也該迎接春天了。"

"已經春天了嗎？"我喃喃道，"好快！"

"呵呵！"老余笑了，"妳覺得快，我和妳姑姑卻覺得慢，這個冬天老長，長得讓人發霉。"

也許上天憐憫，也或許是老余照顧得好，姑姑的身體一天比一天硬朗，完全不像生命倒計時的人，雖然她還離不開輪椅。

"你發霉，我可不，我的精力還旺盛著呢！"姑姑笑說。

"既然這樣，我們結婚吧！妳從去年的聖母升天節推到萬聖節，又從萬聖節推到新年，下週就是共合國日了，妳該不會說復活節結婚正好吧？！"

姑姑呵呵呵地笑，她說好東西都值得等待，復活節不錯，結婚正好……

這也是我不明白之處，他倆的感情甚篤，可是姑姑就是不肯結婚。一開始我也急著敲邊鼓（為了一旦姑姑病故能保住O-One)，但姑姑一直態度不明朗，嘴巴說緩一緩，時不時又給老余希望，我看得一頭霧水，索性撒手不管，畢竟每天的工作多如牛毛，我實在没精力去叫醒一個裝睡的人。（依我看，姑姑把這件事當成生活中的一種情趣，吊起老余的胃口好予取予求，這個老妖精！）

再講Hans，一剛始我對他没什麼好感，總懷疑他有一肚子的壞水，後來誤會一一解開，我也不再對他有成見。即使現在他和Neela走到了一起，讓我感覺動機不純，但也就那樣了，別人的感情還是不介入比較好。

"宛宛啊！聽說秦平下個月結婚。"姑姑問完，喝了一口老余遞過來的茶水。

"妳也聽說了？"我頗感無奈，"是的，他下個月結婚，新娘子是同村的，大專畢業，在鄉政府工作。"

"不錯，這才是良緣。"

我不知道這算不算良緣，但秦平恨不得昭告天下，不僅一一通知我的親朋好友，還給我發來請帖，可見他對這個婚姻滿意得不得了。

"妳去參加前男友的婚禮嗎？"姑姑接著問。

"這麼忙怎麼去？"我抱著一大包薯片咔呲咔呲地咬，"不過我會給他匯去一個大紅包，好讓他有個終身難忘的蜜月旅行……"

姑姑像想起什麼似的，要我趕緊買機票飛倫敦，她的多年好友想辦個派對。

"没問題，我派Betsy過去。"

"不，這是一筆預算很大的單子，妳一定得親自去，以表誠意。"

我們的魚子醬派對然没有設置最低消費，但向來都是大單，既然姑姑特別點名到，可見不一般。

"好，我親自去。"

"對了，我的朋友有點兒孤僻，不太願意見陌生人，妳千萬一個人去，別帶上人。"

孤僻的人會辦派對？這聽起來很詭異。

"是男的還是女的？"我不放心地一問。

"男的，不過妳放心，他齒搖髮落，連路都走不穩。"

既然這樣，應該没什麼問題。

於是我很開心地交待秘書訂機票，心中計劃會面完畢還可以逛一逛繁華似錦的倫敦城。

我和老爺爺聯繫上了，他給我發來家庭住址，還說任何時間都可以上門，他就待在家裏等著。

一走出機場，我搭上倫敦才會有的黑色出租車（black cabs），據說它經常出現在電影和電視劇中，讓我聯想起看過的《007邦德》、《神探夏洛克》等一系列經典影片。

上車後，我忙不迭把寫著地址的紙條遞過去，司機看了一眼後表示那個位置靠近公墓。

公墓？不可能的，郵址明明靠近肯辛頓公園。

司機斬釘截鐵地答不會錯，布朗普頓公墓就位於市中心，它是倫敦的七大墓園之一，不僅是慎終追遠的地方，也是英國的皇家公園，電影《福爾摩斯》還曾在那裏取景過。

公墓讓我聯想起那個許久未見的人……

"不，不會的，司機不是說倫敦有七大墓園嗎？不會這麼湊巧。"我安慰自己。

約莫40分鐘後，車子停在一棟聯排別墅前。

付完車資，我走了下來，門牌號11，没錯，就是這裏。可惜我按了又按門鈴，仍無人回應。

"該不會門鈴壞了吧？！要不就是老爺爺耳背。"我邊想邊舉起手來。

還没等我敲門，熟悉的聲音響起："門鈴没壞。"

我轉過頭去，嚇得心臟差點兒驟停。

等平靜下來後，我裝作無事地問："怎麼，你對這屋很熟？"

"不熟，我只是幫他家溜狗。"

我也注意到了，一隻金毛正對著我大搖尾巴。

"這也太奇怪了，齒搖髮落，連路都走不穩的老爺爺竟然還養狗？"

Louis聽完噗嗤一笑，我問他笑什麼？他答没什麼。

没什麼就是有什麼，這傢伙真會吊人胃口。

"我有他家鑰匙，妳要進去等他嗎？" Louis問。

"不用了，我在這裏等就行。"

"老爺爺也許散步一整天也說不定，妳確定不進去？"

這就更奇怪了，既然散步去，為什麼不帶上自己的狗？莫非怕狗跑了，而自己追不上？

"那好吧！希望他回來後不會責怪我沒經過允許就入內。"

"不會的，如果他責怪妳，我會幫妳做證，不讓妳有一絲委屈。"他答。

第五十六章／我在蘇黎世等風也等你（完結篇）

這是一棟外表平凡無奇且有些年代的磚造房子，但屋內不一樣，有一種低奢的美感。

“這個地段的房子不便宜，雖然是聯排別墅，不是獨棟，怕也要好幾百萬英鎊，老爺爺真有錢。”我邊參觀邊說。

Louis不置一語。

我們一直走到最裏面的起居室，它靠近後院並且連著開放式廚房，非常的寬敞明亮。

Louis很快打開落地窗，讓金毛飛奔出去，原來庭院中有棵木棉樹，樹下有個狗屋，屋前還擺了個狗碗。

“這隻狗叫CoCo。”我說。

“妳怎麼知道？”

“狗碗上寫著。”

“看樣子妳變聰明了。”

也許他說者無意，我卻聽者有心。

“是的，我是變聰明了，不再把別人的玩笑話當真。”我說。

“哎！都已經是陳年舊事了，妳還記得那麼清楚？”他回到廚房，“喝什麼？茶還是咖啡？”

“茶。”

Louis開始燒水，接著從右上方的櫃子裏取出茶具，再把流理台上的茶罐打開，取出一些茶葉放進陶製茶壺裏。

“妳的茶加奶和糖嗎？”他問。

“奶少許，糖也少許，如果有肉桂粉更好。”

於是他從冰箱裏取出牛奶，再到左上方的櫃子裏拿糖，肉桂粉不在櫃子內，它在中島的抽屜裏。

當Louis把一杯加了奶、糖、肉桂粉的茶交到我手裏時，我調侃他的動作真嫻熟，大概閉著眼睛也能找到要找的東西。

“當然，我經常幫老爺爺泡茶。”他毫無愧色地答。

我繼續給他出難題，問：“這屋的底層沒有臥室，莫非老爺爺每天爬樓梯就寢？”

“實話告訴妳，我每天背老爺爺上樓，久而久之練出了虎頭肌，”他指指自己的肩膀，“要不要摸摸看？硬得像石頭。”

我撇過臉，問Floria哪裏去了？該不會在樓上睡大覺吧？

“上個月她還在普吉島曬太陽，現在就不清楚了，也許我問問Adam。”

“為什麼要問Adam？”

“他是她的未婚夫，兩人如膠似漆，不問他問誰？”

我怒視他，感覺委屈至極。

“What？”他問。

“你就會欺負我，好玩是吧？”

"我没欺負妳，事實上我做的一切都是為了妳，Brigitte也知情。"

什麼？！姑姑也知情？那麼她當著老余的面要我忘了負心人又是為哪般？

Louis答為了放鬆敵人的警戒狀態。

"敵人？這指的可是老余？"我搖搖頭，"不可能，虎毒不食子。"

"是誰告訴妳，妳是老余的女兒？"

"没人告訴我，我……猜的。"

然後Louis告訴我一件匪夷所思的事，原來姑姑和老余在我出生的前兩年就已經分手，老余心裏也清楚孩子不可能是我，他是故意讓我誤會，好將O-One納入囊中。

"等等，我搞迷糊了，你能從頭說起嗎？"我問。

當Louis將真相說出來，我倒吸一口氣，這也太扯了。

好吧！為了讓你了解整件事的來龍去脈，我把它當成故事說給你聽：

余辰歐是個自私且道德感薄弱的人，他在德國留學期間認識了**Brigitte**，為了解決居留問題，他不惜拋棄已談婚論嫁的女友，轉而與有德國護照的華裔姑娘結婚

Brigitte傷心之餘果斷墮胎，並且痛定思痛，決定在海外闖出一片天。因緣際會下，她遇見一個愛她的男人，兩人婚後移居瑞士，胼手胝足創建**O-One**這個魚子醬品牌，當中的辛苦自不在話下。

也不知余辰歐何時盯上了"前女友"，反正當**Brigitte**的老公一去世，他便現身，並且鞍前馬後的，如果不是**Brigitte**的公婆收到匿名信，直指**Brigitte**的私生活不檢點，可能 有私

生子……等等，她不會對余辰歐起疑，因為有些細節只有戀人之間才會知道。

還好**Brigitte**的公婆明事理，也信任自己的兒媳婦，倒是**Brigitte**想的比較深，那個當年會為了一本護照拋棄自己的人究竟在打什麼主意？

為了查明真相，她一方面讓公婆起訴自己，另一方面僱用余辰歐，朝夕相處下，她更加相信這個"假面人"打算聯手早有二心的**Hans**掏空**O-One**，而坐實的證據便是那個監控攝像頭拍下的錄相（**Louis**後來從錄相中發現余辰歐與**Hans**會面的畫面，加上出貨數量跟售出及存貨之間嚴重不符，他便跟蹤他倆數日，果然有不正常之處，遂報告給**Brigitte**）。

Brigitte深思熟慮後，認為把**Louis**摒除在外比較妥當，畢竟兩個手無縛雞之力的女人更容易讓人放鬆警戒。果不其然，那兩人拿**O-One**當抵押，成功貸出了一億，不出意外，明天就能到賬……

"這可怎麼辦？"我急得從座位上跳起，"我得趕緊通知銀行止付。"

Louis將我的手機奪下，老神在在地說："妳以為他們是如何貸上款的？告訴妳，我和Brigitte背地裏都幫了點兒小忙，目的就是人贓俱獲，估計警察已經在路上了。"

聽完我大鬆一口氣，也有餘力埋怨。

"你和姑姑好狠心，把我一個人蒙在鼓裏。這些日子以來，我像行屍走肉般地活著。"我說。

"妳以為我好過？如果不是Brigitte時常發來妳的照片，我恐怕活不下去。"

現在我終於知道為什麼姑姑突然熱衷拍我，連老余都打趣姑姑想當人物攝影家，我們該為她辦一個攝影展云云。

“我還有一個疑問，店內的冰雪女王二人組及Neela是不是也牽扯其中？”

“目前沒有證據顯示她們也是罪犯之一，我認為老余及Hans應該不致於將人員擴大，畢竟人多嘴雜，加上妳和姑姑不過是兩名弱女子，殺雞焉用牛刀？”

我對冰雪女王向來沒好感，但Neela不一樣，如果她也是犯罪同夥，我會很失望。

“你說我如果炒了Freja和Gaby，這是不是小人行徑？”

“當然不是，我認為妳早該炒了她們，那兩人就是狗眼看人低的種族歧視者……天哪！我終於說出來了。”

我伸出手和他握了握，因為他道出了我的心聲。

Hans和老余因為詐騙罪被判入獄兩年。

“怎麼才兩年？這幫老外也太仁慈了！”我憤恨地說。

“兩年的刑期算恰當，畢竟O-One賬面上的虧損數字並不大。”

錢的損失是不大，但心理的創傷卻無法磨滅。

“姑姑的公婆是否還是不願接受姑姑的好意？”我問。

“嗯！他們表示錢夠用，身體也硬朗，無需過多的身外之物。不過妳姑姑還是幫他們買了私人醫療保險，至少哪天……可以不用排隊，直接上私立醫院就診。”

“那就好。”

此時的我們坐在蘇黎世湖邊的草地上，腳晃蕩在湖水上方，正望著廣闊的湖面閒聊。

“最近生意怎麼樣？”他問。

我答很好，實際上太好了，忙都忙不過來。

"事務所已經答應將我調到蘇黎世工作，這次飛回倫敦，我打算把房賣了，妳說好嗎？"

"你認為好就好，幹嘛問我？"

"當然得問妳，我打算讓妳成為我的星期女友，並且進一步成為我的星期老婆，所以我得確定自己不是自作多情。"

我往後一仰，躺在草地上。

"妳這是幹嘛？"他問。

"你也躺下，聽風都說了些什麼。"

他遲疑了一會兒，還是躺下。

我們就這麼邊聞著青草的芳香邊仰望藍天白雲。

約莫十幾分鐘後，我問Louis風說了什麼？

"風說雲是動的，而且變幻莫測，剛剛還是一尾小蝌蚪，現在已經成了大牛蛙。"

"呵呵！我聽到的不一樣。"

"那麼說來聽聽。"

"它說......宛宛會在蘇黎世等風......也等你。"

此刻陽光正好，微風輕吹，岸邊有人低吟淺唱，枝頭百鳥爭鳴，沒人注意到Louis正悄悄握住我的手，而我的笑，像甘泉一樣甜。

《完結》

【看不夠嗎？**B**杜的《迪拜公主的秘密情人》正等著您，以下是前三章，先睹為快。】

《迪拜公主的秘密情人》

第一章/蘇青青

今天我無意間刷到一個帖子，一位小女生說她從小就喜歡看CCTV的《探索‧發現》頻道，對神秘的古國及地底墓穴心生嚮往，如今也到了報考大學的時候，她問廣大的網友：" 學習考古專業會不會是一個太過浪漫而不切實際的選擇？"

此時的我手裏拿著一個蘋果，正咔嗞咔嗞地咬，一看有個不知死活的小紅帽正往森林裏衝，立馬扔下手中咬到一半的蘋果（還差點兒擊中家裏的長耳朵柯基），啪啪啪地打起字來。

如果樓主真的"熱愛"考古，投身其中無可厚非，但就樓主的情況來看，明顯對考古不夠了解，只憑一腔熱血就想上前擁抱，這是極其危險的事。好比妳對一個神秘男生產生興趣，這時妳應該做的是繼續深入了解，而不是立刻跟他私奔，那樣做只會痛心疾首、追悔莫及……

發送完畢，我起身到冰箱又取了個蘋果，洗淨後回到房間，發現我的回覆底下已經築起萬丈高樓。

。 。 。

一樓是樓主砌的，她問我讀的是不是考古系？如果是，現在後悔嗎？

二樓是個網名為"不怕死的貓星人"砌的，她同意我的看法，當初就是眼瞎才會選擇這個不好就業的專業，經過兩年閒賦在家的日子後，她現在正在某個倉庫裏待著，手裏拿著餓不死人的薪水。

三樓是個網名為"聖戰士"砌的，他說我太危言聳聽了，考古系根本沒那麼可怕。話說回來，這個社會不是單一的，它需要各方面的人才，好比考古學家李濟、斐文中、郭沫若……等，他們為國家做出巨大的貢獻，應驗了那句話—是金子總會發光。

四樓是……

我邊啃蘋果邊瀏覽了一遍，贊成票和反對票大致打成平手。

"其實他們都誤會我了，我就是那個對考古一見鍾情並且攜手私奔的人。"

"汪汪！"

"再告訴你，我的很多同學都已經後悔了，但不包括我，我是異類，喜歡的東西跟別人不一樣。"

長耳朵柯基聽完興奮地原地打轉，它知道我喜歡它，即使它是隻奇怪的串串狗，有柯基的小短腿和吉娃娃的長耳朵。

"姐，妳回來了，我還以為是小偷呢！"

說話的是我的親妹妹—蘇暖暖。

"妳看過臉這麼黑的小偷嗎？"我問，然後把蘋果核空投至房間角落的垃圾桶內。

"說的也是，"她摸了一下我的頭髮，"誰剪的？狗啃了似。"

我答我剪的，這次的北疆行實在太刻苦了，三十幾天沒洗過一次澡，頭都長頭蝨了。結果剪完頭髮的那個夜裏，我哭了一整晚……

"這肯定是假的，蘇青青怎麼可能哭？"

"是呀！我是無敵鐵金剛，怎麼可能哭？"我苦笑著，"媽呢？"

"大概買菜去了。"她像想起什麼似的，"告訴妳，媽和爸又開打了，小心被颱風尾巴掃到。"

打從有記憶以來，我父母便三天一小吵，五天一大吵，感情破裂成這樣，也不怕我和暖暖心裏有陰影。

我曾暗示母親離婚，她又反過頭來說父親對她種種的好。

"哎！如果妳或暖暖是個男的就好了，妳父親也不致於被鄉親取笑，甚至到現在還有二心，總想找個姑娘替他生個帶把的，這個老不修！"母親說。

如果有原罪，"不是個男的"便是我的原罪，它像個緊箍兒，時時提醒著我的不完美。

暖暖倒好，雖然也是個女的，母親好像很少向她訴苦，部份原因是生完二胎後，母親的子宮便因故摘除，暖暖成了最後一件小棉襖。老么總是惹人疼，母親把所有的溫柔都給了她，對身為老大的我則"恨鐵不成鋼"。久而久之，我真的陽剛起來，不僅剪了個男生頭，連裙子也全給了妹妹。

在我看來這是件極其普通的事，實際不然。過了一個暑假回到學校，也許因為個兒抽高、頭髮剪短、加上帥氣的舉止（我已經分不清是刻意為之還是渾然天成），我竟然成了風雲人物，身邊總有女孩圍繞，和往日的不鹹不淡比，受歡迎的程度堪比黃袍加身。

老實說我挺享受被人追捧的感覺，在我家，我像個可有可無的人，父親對我太寡言，母親又太喋喋不休（多半是抱怨，彷彿全世界的不幸都給了她），哪像在學校，女孩們對我好極了，給我買零食，還不介意讓我分享她們的愛心便當。不諱言地說，我就像個兒皇帝，連考個試也有人主動幫我Pass。

"說！這紙條是怎麼回事？"數學老師眼露凶光地問。

"我也不清楚，它就忽然出現在我桌上，早知道我就不當著妳的面打開。"

那次的數學期末考試難如登天，搞不懂出題老師為什麼總以打擊學生的自信心為樂。 當我正搜索枯腸時，一張小紙條從天而降，我一轉頭，班上的學霸郭美芳衝著我微笑，她是老師眼中的好學生，從不惹麻煩，只會坐在角落安靜地看書。

"妳這是睜眼說瞎話！還有，"老師戳了戳我的短髮，"這是什麼髮型？男不男，女不女的，別以為我不知道妳的葫蘆裏賣什麼藥。"

"妳倒是告訴我究竟賣的什麼藥呀！"我說。

此時有個男聲響起："春藥。"

話聲甫歇，引來哄堂大笑。

老師憤怒極了，隨手甩給我一個大耳光。

我被打得眼冒金星，憤怒之心也油然而生。

"為什麼打我？"我站起來質問。

"打妳就打妳，還得挑日子？不信我再打妳！"

"妳打我試試。"

我没等老師給我第二個耳光，直接將她擊倒在地。

"造反了，蘇青青，這次妳若退不了學，我就不姓方！"

方老師果然還姓方，我被迫轉學到二十公里以外的另一所中學。由於"劣跡斑斑"，加上不小心跌倒，眼角縫了幾針，替我的傳奇故事又添加一筆神秘色彩，我很快便擄掠全校女生的心，甚至還有遠道來訪的粉絲。

實話告訴你，每當放學，校門口彷彿是我個人的星光大道，尖叫聲及拍照聲不絕於耳，而我早已麻木，匆匆而過。

第二章/小河公主

從小我就喜歡閱讀稗官野史，一直以來的想法很簡單，將來考進一所好點兒的大學讀歷史系，畢業後找一份教職了此一生。事情的轉折和那個發帖女孩一樣，考完高考的某天，我打開電視看CCTV的《探索·發現》頻道，因此觸動內心裏的那根弦。當時節目正介紹小河公主，她是中國考古學家於2003年在新疆羅布泊發掘出來的一具女性乾屍，雖然經歷了四千年，但屍體保存完好，面部笑容清晰可見，因為是在小河遺址發掘到，所以被命名為"小河公主"。

"小河公主"其實不是她的原名，她最早被稱為"微笑公主"，由瑞典考古學家貝格曼首次發現，他對她的描述如下：身著高貴的衣裳，深色的長髮上戴著一頂裝飾有紅色帶子的尖頂氈帽。她的雙目微合，好像剛剛入睡一般，漂亮的鷹勾鼻、微張的薄唇與露出的牙齒……為後人留下一個永恆的微笑。

說不上為什麼，當我在電視上看到"公主"時，整個人驚呆了，她是那樣美，美得攝人心魄。

實話告訴你，接下來的幾天我過得渾渾噩噩，滿腦子都是伊人的面容，還因此出現幻覺和幻聽。

幾天后，母親聽說我填寫的志願是個冷門中的大冷門，氣不打一處來。

"妳知道考古是幹嘛的嗎？那是挖死人墳墓的，多晦氣！"她說。

連一向對我冷淡的父親也表示那是找不到工作的專業，與其白白浪費四年的時間和金錢，倒不如到工廠當女工，勤快點兒，四年後也許能當上領班。

我清了清喉嚨，告訴他們挖死人墳墓的叫盜墓賊，和考古隊是不同的，後者挖出來的東西不能中飽私囊，而是上交給國家，至於就業......是有那麼點兒難就業，但小眾也有小眾的好處，代表競爭少，如果不能在高校或者科研單位謀得一職，起碼還能到博物館、古玩店或拍賣行工作。

此時父母的臉色稍有好轉，誰知我妹"適時"扯我後腿。

"姐，我知道那所大學，等妳考上，我去找妳，記得帶我吃朝鮮冷麵和打糕哦！"

母親如臨大敵，問我填的是哪所？當得知是東北某個沒名氣的大學時，她的火氣又上來了。

"妳怎麼不填北大？北大也有考古系。"她質問。

這不是填不填的問題，而是人家壓根兒沒看上我。

母親答不行！這事不能任由我胡來，馬上更改志願，她覺得師範大學不錯，畢業後當老師，多好！

"晚了，我已經提交，而且志願只填一個。"我衝口而出。

當時我媽正在煮飯，拿起菜刀就撲上來，我連跑三條街才甩掉那個瘋女人。

你若問我為什麼非得上這所大學不可？我也知道提供考古專業的大學不止一所，但看來看去只有這所偏重"邊疆考古"，剛好符合我的需求—藉著邊疆考古的名義接近我朝思暮想的女神。

結果三年下來事與願違，老師帶我們去的都是一些窮山惡水的地方，一個月洗不上一次澡也不是什麼新鮮事，最可怕的是來大姨媽，要多慘有多慘。每當這時候，我總恨不得自己是個男的，可以站著如廁，每個月也不會無緣無故失血好幾天。

說到下田野（考古調查與發掘），邊疆地區大多是石封堆墓，没法兒採用封土揭取方式，只能靠人力來搬，那些石塊小則十幾斤，大則數十斤，每搬一層石頭都要繪圖記錄，所以石封堆墓的揭取經常要耗時一至兩個月。去年暑假的下田野便是這樣的一場惡夢，我每天頂著烈日練肱二頭肌，回到家連家裏的長耳朵柯基都認不出我來（我妹說得好，我像極了一根行走的紫米血腸）。

眼看三年過去了，我離"小河公主"還是那麼遙遠（她的本尊在新疆考古研究所，不對外開放，只有專門的人員才能一睹芳容），於是我分別請教了學長姐及論文指導老師："如何才能進入新疆考古研究所？"

答案很一致，那就是當上那裏的研究員，意思是起碼得讀個碩士或博士才有資格競爭，這對我來說太難了。

我退而求其次，問什麼時候能看"小河公主"一眼？

老師雖然感佩我的執著，但仍給出客氣而不失禮貌的打擊："小河公主是國寶，出土後的潮濕空氣對她是種傷害，目前她被很好地保護起來，只有極少數的人才有機會見上一面。"

這還算是比較靠譜的回答，至於學校那些一知半解的同學們，給出的答案就天馬行空了。有的說每十年公主會出訪一次，也許是美國紐約，也可能是南半球澳大利亞，我就乖乖等著；有的還說真正的小河公主早就在運輸途中化為白骨，即使我有幸目睹，那也只是個仿品；有的甚至建議我賄賂當班的保安，也許能偷偷溜進去，只是當夜深人靜，館內空無一人時，那景象說有多恐怖就有多恐怖……

綜合以上說法，想親眼目睹"小河公主"的機會微乎其微，我不免心灰意冷，直到老師詢問有沒有人志願到北疆當苦力時，才又重新點燃我內心的希望之火。

"我去！"我不假思索便舉手了。

通常會用到"志願"二字，代表不會是好事，但我管不了那麼多，因為新疆考古研究所在烏魯木齊，烏魯木齊在北疆，換言之，這是個近距離接觸公主的機會，我怎能錯過？

然而我的一腔熱血卻在老師那裏遇冷。

"呃⋯⋯謝謝蘇青青女同志的熱心，但北疆的環境險惡，我更希望男同志響應。"

話一說完，班上的五位男丁集體沉默（是的，考古系陰盛陽衰，雖然這明明是個極需體力活的專業）。

老師很尷尬，表示如果真是這樣，那也只好抽籤決定，畢竟現在只有一位志願者，名額還需要兩位⋯⋯

"老師，我去！"廖靜薇舉手。

"老師，我也去！"

"我去！"、"我去！"、"我去！"⋯⋯

面對空前盛況，老師一時傻眼，最後抽籤選中廖靜薇及馮明玉跟著我一起跳火坑。

為什麼說"火"坑？新疆的最熱月在七月，為了避開火球，我們選擇在清明節出發，預計五月中旬回來，剛好來得及準備答辯。然而人算不如天算，雖然四月份的天氣最宜人，但我們去的是阿拉爾，屬於"暖溫帶極端大陸性乾旱荒漠氣候"，光看這個描述就知道必是慘絕人寰。果然白天像個大蒸籠，我的衣服就從來沒乾過；夜晚則驟降到五度C，即使把帶來的外套及秋衣秋褲全穿上，躲在棉被裏依然瑟瑟發抖。

除了天氣嚴峻外，其他也好不到哪裏去。白天累死累活，太陽下山後連個冷水澡也洗不上（遑論熱水）；再說伙食，比看守所還不如，通常就一個菜，不是土豆炒肉絲就是肉絲炒土豆，再不然就是奶子麵條，如果廚子的手藝合格倒也罷，偏偏不合格那才頭疼。另外，請來的民工一言難盡，下工不是抽煙、喝酒、打牌，就是沒完沒了地講黃段子，有些色鬼還會仗著酒意調戲起女學生。

這一天，馮明玉哭哭啼啼地向我告狀，我才知道她被欺負了。

"喂！你們哪個殺千刀的敢欺負我妹？"我挺身而出，馮明玉則像隻小雞似地躲在我身後。

民工們紛紛發出曖昧的笑聲，同時將目光打在熱合曼身上。

我走過去，居高臨下地問："是你對我妹毛手毛腳？用的是哪隻手？"

熱合曼慢吞吞地站起來，他的鼻子發紅，眼睛也是紅的，全身散發著酒氣。

"那個......"他伸出右手。

我三兩下便廢了他的右手，慘叫聲不絕於耳。

"聽著，"我轉向那些嚇壞了的民工，"你們誰敢欺負這裏的女人，下場就跟他一樣！"

此時的熱合曼捂著右手縮成一團。

噢！忘了提，在阿拉爾做苦工的學生不止我們仨，尚包括他校，總共十二名女生，三名男生。

我校女生可能早耳聞我的事跡，但他校女生卻是第一次見識我的膽量和蠻橫，個個嚇得目瞪口呆。老實說，自從打過老師之後，我就什麼都不怕了，加上平時有健身的習慣，打起架來從未輸過（至少目前為止是）。我也不認為自己打人有錯，因為每次動拳頭都是對方咎由自取，該打！

然而在我看來很天經地義的一件事，到了同行女生的眼裏卻有不一樣的解讀，我成了一束光，照亮她們枯燥且艱辛的沙漠生活。

啊！我已經承受太多女性關愛的眼神，這感覺很奇怪，我一方面享受，一方面又抗拒，因為我知道她們都不是我的公主，而唯一讓我怦然心動的卻是一具千年女屍，我真他媽的……太難了！

第三章/失之交臂

阿拉爾，維吾爾語的意思是"綠色的小島"，它位於塔克拉瑪干沙漠的西北邊緣，有條河流（塔里木河）穿行而過，由於歷史上曾多次改道，逐水草而居的遠古人類不得不跟著遷徙，以致留下許多歷史遺跡……

說這些無非是個引子，為什麼我和其他考古系學生會千里迢迢來到這個鳥不生蛋的地方？那是因為阿拉爾發現了古墓群，除了文物和農作物出土外，還發現了一具巨人古屍（身長2.3米，比姚明還高），專家認為他很可能是羌族的祖先。

我們這些菜鳥當然是不可能接觸巨人，所做的無非是把各種各樣的碎陶片找出來拼湊以及收集鄰近住戶家裏的"古董"作為佐證，角色相當於打雜，但地位比民工高，畢竟他們只負責出賣勞力，連圖都繪不了。

在阿拉爾的一個半月裏，我每天都在反省自己是不是腦殼壞了才會選讀考古系？別人的大學生活多麼愜意，我何苦住工棚、吃豬食，全身還癢得難受？

"我他媽的真是受夠了！這次回去就換專業，哪怕已經大四，哪怕再過兩個月就可以畢業，我非換不可！"我憤恨地說。

"妳確定要換？"廖靜薇推一推她的眼鏡，"去年在河南開封，妳也這麼說過。"

我記起來了，當時開封啟動"城摞城"遺址發掘項目，我們幾名學生被派去當下手，雖然只有短短二十多天，但不幸遇上幾十年來難得一見的強降雨，屋外電閃雷鳴、狂風大作、暴雨傾盆，屋內也不太平，我發著高燒，頭痛欲裂，當時是真的想放棄，但是回去以後我又好了傷疤忘了疼，繼續將錯誤進行到底。

"我說過？怎麼我只記得去年妳用薰衣草香味的洗衣粉洗我的衣服？"我說。

"妳還記得？"她的臉頰出現兩朵紅暈，"這次我用的是百合香味的，不知妳喜不喜歡。"

"當然喜歡，這裏的水源不足，跟住戶要水肯定得好話說盡，辛苦妳了。"

"不辛苦，我喜歡妳身上衣服的味道跟我的一模一樣。"

第一次下田野時，我的髒衣服總會不翼而飛，隔天又整整齊齊地堆放在床頭。當時以為是當地政府提供了洗衣服務（簡直想太多了），直到我留意到別的同學穿得比犀利哥還犀利，我才驚覺自己被人寵愛著。

再講伙食，沒有一次下田野能吃得好，但我不一樣，正餐不足，副餐來湊，泡麵、辣條、餅乾、薯片、軟飲……任我選擇。由於大巴有行李限制，每個人只能帶上一大一小兩件行李，換言之，為了讓我飽食，"女孩們"精簡了個人用品，這種犧牲小我的精神怎不讓我感動？

接著講住宿，通常我們住的是大通舖，北疆行也不例外，每當這時候我總感覺彆扭，沒有了私人空間，想"安靜"一下都不可能。

"Pachinko，後天就回去了，妳有什麼計劃？"

說話的是B大的學生，長得有點兒像日本演員廣末涼子，很古靈精怪的樣子。Pachinko的綽號是她幫我取的，因為我的名字裏有個"青"字，讓她聯想到日本盛行的彈珠遊戲機—柏青哥（日語發音便是Pachinko）。

"我想到烏魯木齊走走，領隊答應我了。"我答。

"這麼說妳不跟我們一起回去，那多沒意思！"馮明玉說。

"反正車上有小順子，他挺逗的。"

話一說完，"女孩們"集體吐槽，紛紛表示小順子就是個丑角，每次都企圖幽默失敗，讓人尷尬癌都犯了。

"沒那麼誇張啦！"我說。

"Pachinko，"沒想到馮明玉也這麼叫我，"妳去烏魯木齊幹嘛？我也一起去行不？"

"不，不行，妳不能跟去，我……我有重要的事待辦，得單獨行動。"

這個重要的事無他，就是跑到考古研究所碰碰運氣，對我來說，這是北疆行的唯一目的。

當燈熄了之後，我們12名女生統一上床，廖靜薇和"廣末涼子"動作快，分別躺在我的左右兩側。

沒過幾分鐘，打呼聲此起彼落，同樣進行的還有一隻不安份的手，它正緩緩地爬上我的小腹。我將它輕輕推開，接著聞到髮香，和我衣服上的香味一模一樣。

莫非廖靜薇用洗衣粉洗頭？

我把搭在肩膀上的秀髮移開，然後睜眼看著腐朽的屋頂橫樑發呆，心想當鴨子誤入雞群時一定是特別的無奈與無助……

“為什麼？”我怒髮衝冠，“你明明答應我了。”

那個長相斯文的領隊表示他是答應我了，但今天有五位女生也請求放行，他能怎麼辦？萬一有個差池，他要如何向學校和家長們交待？

“如果……如果我負責讓她們都別跟去，這事還有轉圜的餘地嗎？”我抱著一絲希望問。

“沒鬧開，我還能給例外，但現在晚了，這事沒得商量，抱歉！”

我没料到“口風不嚴”給自己帶來了不可磨滅的遺憾，就差那麼一點兒，也許就能了了多年的心願，我他媽的也太背了！

坐在回程大巴上，我心如止水。當滾滾黃沙吹過，我望著車窗外的蕭條景象默哀：“我的小河公主呀！何時才能看到妳的笑顏？”

作者介紹

在異國的背景下加入纏綿悱惻的愛情故事是B杜小說的一大特點，她的文筆清新、筆觸詼諧、畫面感很強，讀完小說有種看完一部愛情偶像劇的感覺，特別適合懷春少女及對愛情有憧憬的女性閱讀。

B杜創作了一系列異國戀情N部曲，包括《法蘭西情人》、《東瀛之愛》、《新西蘭之戀》、《英倫玫瑰》、《愛在暹羅》、《情定布拉格》、《獅城情緣》、《愛上比佛利》、《夢回楓葉國》、《早安，歐巴》、《我在蘇黎世等風也等你》、《迪拜公主的秘密情人》……等作品，歡迎關注。

Also by B杜

《我在苏黎世等风也等你》（简体字）Love in Switzerland (simplified character version)

~

《愛上比佛利》Love in Beverly Hills

《法蘭西情人》Love in France

《新西蘭之戀》Love in New Zealand

《愛在暹羅》Love in Thailand

《情定布拉格》Love in Prague

《獅城情緣》Love in Singapore

《英倫玫瑰》Love in England

《東瀛之愛》Love in Japan

《夢回楓葉國》Love in Canada

《早安，歐巴》Love in Korea